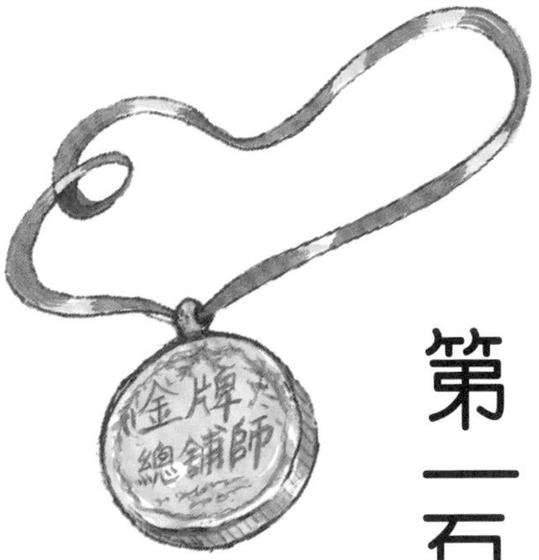

少年總鋪師 1

第一百面金牌

鄭宗弦——著
吳嘉鴻——圖

請一起幫阿弘加油打氣（自序）

《第一百面金牌》創作於西元一九九八年，隔年出版成書，是第一本以辦桌總鋪師為主角的小說。它是我以《姑姑家的夏令營》獲得九歌現代兒童文學獎之後，第二年參賽再度獲獎的作品，講的是愛做菜的阿弘，幫忙受傷的總鋪師爸爸，贏得拚桌比賽第一百面金牌的故事。

這一本書是我從頭到尾「站」著「寫」出來的，為的是捨棄舒服的坐姿，稍稍體驗金牌得主千錘百鍊的辛苦。那時我在高雄擔任實習老師，租個小套房住在西子灣邊。沒有電腦的我，一格一格的在稿紙上爬格子。為了讓評審委員能清晰辨識字跡，我像刻鋼板似的，一筆一畫慢慢書寫，有時為了修改，不惜將整張寫滿的稿紙重謄一次，這樣一次就是一兩個小時過去了。

這一份手寫文稿共約稿紙一百張，自認是我呱呱落地以來，寫得最漂亮的文字了。

清貧的日子格外單純，沒有電視機擾亂視聽，沒有山珍海味迷惑心智，一回到我的文學斗室，便是一盞燈、一張紙、一枝筆，和一顆裝滿熱鬧辦桌現場的腦袋，日子簡單而充實。

為了創造主人翁阿弘，我因地利之便，將他「誕生」在西子灣旁的「柴山」，那個中山大學後面，當年土雞城林立，假日擠滿小轎車和饕客的「美食天堂」。於是，我三兩天就去拜訪阿弘。

有時候他在家裡，看電視裡「料理鐵人」的日本美食比賽。

有時他在柴山「山海宮」閒逛，順便偷看土雞城師傅快炒雞柳的功夫。

有時候他會爬上「十八王公廟」，看油輪進港，看彩霞滿天。

更多的時候他待在中山大學的圖書館裡，將一本本美食雜誌從架上抽出，堆積成小山，仔細翻閱研究，研發比賽的新菜名。

從他的眼中，我看到爐火般炙烈的熱情和狂喜。

一個半月之後，阿弘的故事落幕了。

得獎的最實際獎勵是獎金十萬元，剛好約我實習一年的津貼所得。而最直接的鼓勵是自信心，我終於確信，我不只是擁有寫小說的潛力，而是已經稍具能力了。

此書出版後獲得熱烈迴響，因而誕生了續集《台灣炒飯王》，講述阿弘因為仗著自己的功勞而變得心高氣傲，憂心的爸爸如何用心良苦的來對治他這壞毛病。

有了續集，儼然有股「系列」即將成形的氣勢，因而這樣的責任和使命感在我腦中盤旋醞釀許久。終於在今日《第一百面金牌》再版之時，它所歸屬的系列名稱《少年總鋪師》也正式掛牌上架，這本書便昂首闊步成為拉動各個續集列車的火車頭。

二十年過去了，這些演變與累積，使我從興奮漸漸轉為如釋重負的欣慰，因為身為一位少年小說家，必須為主角的成長負責，而阿弘也確實在書中慢慢長大了。

不論你是當年喜愛這本書的讀者，或是第一次認識阿弘，現在都是全新的開始了。讓我們一起來關心他，給他（也給自己心中那份奮勇向前的鬥志）加油打氣吧！

鄭宗弦 於二〇一八年五月

目錄

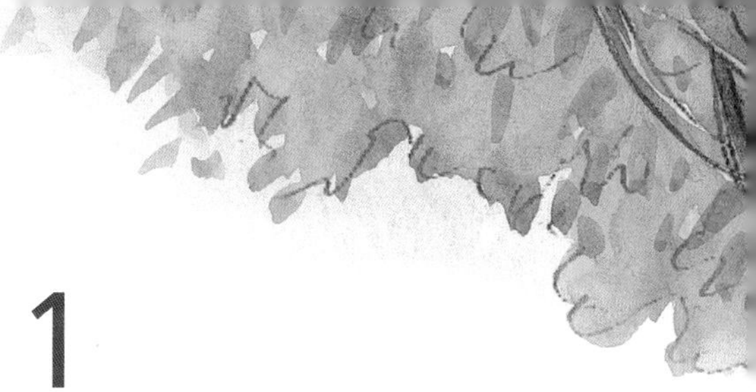

1 誰能打敗料理鐵人

夜幕漸漸遮蔽了山海交融的美景，白天裡蒼翠碧綠，清幽雅致的柴山，被西子灣橙橙紫紫的夕陽一染，頓時成了五光十色，燈紅酒綠的美食天堂。

隨著上山吃土雞的人車愈來愈多，潮水拍打岩岸的浪濤聲變得愈來愈弱。

阿弘受不了喧鬧的噪音，輕輕扣上大門，客廳裡陣陣「咕嚕嚕——」的流水聲，因此顯得格外清晰。

他拆下水族箱後面珊瑚礁圖案的背景，換上他從月曆上裁下的鬱金香花田。他覺得爸爸新買的六條孔雀魚，舞著鮮麗的花裙子，美極了，應該配上七色花海才相稱。

「鈴——鈴——鈴——」電話鈴響又吞沒了水聲。

「贏了沒？贏了沒？媽。」一抓起話筒，阿弘便迫不及待的發問。

「功課寫了沒？準備消夜，給你爸爸慶功。」電話那頭道。

「哈！我早就料到。交換！換大鍋麵，大鍋麵還有嗎？」

「有是有，只是回去早泡爛了。」

「爛了沒關係，總比菜尾好吃。」

「問你功課寫完沒有？」

「今天只有英文講義三張，老早就寫完了。」

放下話筒，這才想起忘了在講義上寫名字了，葛老師警告要扣分的，他趕緊從書包掏出來，草草簽上「魏子弘」三個大字。

看看手錶，已經十點五分了。來不及收拾，先按遙控器再說。

「各位觀眾，挑戰者是太田泰助，從事中華料理三十五年，歡迎他──」電視上的主持人正以一貫雄渾的嗓音介紹著。

還好，沒耽誤到，否則阿弘一定要抱頭慘叫一聲的。有線電視播放的日本節目「料理鐵人」是他的最愛，若是錯失一次，他肯定會失眠。

「不知道他今天會從日本料理、中華料理和西洋料理，這三位鐵人中，選上哪一位來挑戰？」鏡頭在三人身上交替暫停，主持人也藉機停頓了一下。

阿弘伸出指尖，撐了一下眼鏡。

「決定了！決定了！挑戰者選擇『中華料理』的鐵人原口知武。」主持人又說：「接下來，請看今天的主題材料，是——」

一條大紅布幕被拉開。

「龍蝦！」

「哇！好高級的材料。」望見紅白相間，花色斑斕的玫瑰龍蝦，阿弘忍不住驚呼。

趁著廣告，他一溜煙潛進廚房裡。打開鮪魚罐頭，倒進大碗中，打入三顆雞蛋，加半碗水和少許胡椒粉，擺到電鍋裡蒸。這是他在寫功課時，靈機一動，發明的新作法，還有……

電視節目的片頭音樂一響起，他又捧起盛著青椒和菜刀的砧板，一個箭步，蹲坐在螢幕前的大桌旁切起來。

在兩位大廚坐鎮指揮下，兩組人員分頭進行，就像兩支訓練有素的部隊，祕密的從事作戰部署。

「滴答！滴答！」的碼錶聲，聲聲催促著一件件尖端武器組裝完成。響聲愈久，兩軍正面遭遇的時機愈近，主持人的旁白益發急促、嘹亮。

「各位觀眾！各位觀眾！挑戰者已做好了兩菜一湯，分別是醬爆蝦肉、龍蝦蒸餃和味噌蝦球湯。他正起油鍋，用大火快炒最後兩道菜；鐵人這邊不甘示弱，有三道菜也擺出來了，我們來看……」

突然，門口傳來一陣引擎聲、煞車聲、關門聲和清脆的敲門聲。

「阿弘！阿弘！出來幫忙囉！」是媽媽的叫聲。

「哦！」阿弘隨口答應，屁股仍黏在椅子上。

「快出來呀！在幹什麼呢？」換爸爸來喊人。

「來了！」他終於站起身來，萬般不捨的離開了激烈的戰場。

「搬進去，還有空箱子。剩下的魷魚乾和香菇鎖進鐵櫃裡，木櫃擋不了老鼠的。」爸爸吩咐。

各式各樣的粉彩瓷盤，少說也有六百個，阿弘費了九牛二虎的力氣，才統統抬進倉庫。

節目只剩三分鐘可看，他五步併兩步衝進客廳。

一位白鬍子老先生放下筷子，說：「嗯！挑戰者的蒸餃鮮美極了，中間的餡料並沒有剁得太碎，嚼起來口感十足……，只可惜……，嗯，醬爆蝦肉稍嫌辣了一些，破壞了整體感。」

評審們已經完成評分了。

「抱歉！我忍不住要補充一下。」評審之一的女明星，早已送出評分板了，卻又開口說話。「我覺得鐵人的芙蓉蝦片羹，不但又鮮又濃，而且外形就像名稱一樣美麗，吃起來有一種甜蜜幸福的感覺。剛吃過甘爽香甜又多汁的荔枝龍蝦球，再喝一口羹，噢！好滿足哇！」

「好。成績出來了。」主持人說：「太田泰助能不能挑戰成功呢？」

他打開紙袋。「優勝者是——」

「咚！咚！咚！咚！……」鼓聲一響起，現場燈光即刻熄滅，只剩兩球大大的銀白色探照光，一來一往的交叉掃在兩位競技者身上。

阿弘瞪大了眼，倒吸一口氣。

「鐵人——原口知武，衛冕成功！」主持人激動地吼叫。

兩道銀光全聚焦在鐵人的白衣上，背景凱旋樂奏起，空中飄下彩紙，凌亂的反射出七色光芒，原口知武高舉雙臂，臉上洋溢勝利者的笑容。

「哎呀？又失敗了。」阿弘咬牙握拳，為挑戰者惋惜。他並不認識這一位太田泰助，只不過好久沒有人挑戰成功，看鐵人驕傲的神情，他總有一點點不甘心。

「喂？不是要你準備消夜嗎？怎麼才做了一道菜？就只會看電視，光看電視能飽哇？」媽媽端著一盤青椒肉絲走出來，油亮的菜肉上還冒著熱氣。

阿弘一回神，才發現桌上的青椒、砧板和菜刀全不見蹤影。

「像你這樣一邊看電視，一邊做菜，要煮到什麼時候？」媽又唸人了。

「媽！你……」阿弘埋怨。「我要加罐頭筍絲下去炒的，計畫被你破壞了。」

「什麼計畫？」

「我今天要創造兩道新菜，鮪魚蒸蛋和青椒炒玉筍，都是你，被你破壞了。」

「青椒炒肉絲才好吃，像這樣。要是等你把新菜煮好，我和你爸早就餓癟了，去！去叫你爸下樓吃消夜，還有你的大鍋麵也熱好了。」

「哦！」阿弘一應，連蹦帶跳的躍上樓梯。

每次爸爸回到家，若是直接爬上頂樓的神明廳，那便是「拚桌」贏了金牌。他會讓金牌躺在神桌上，點上三炷清香，對著祖師爺和魏家的祖先牌位，恭恭敬敬的拜上三拜。金牌就這樣供上三天，把上頭捶刻的「技藝超群」四字，獻與先人，榮耀祖宗。

為了防止被竊，客廳的展示櫃上看不到金牌，三天一過，媽媽便會將它送到銀行，鎖進保險箱裡。雖然雞蛋般大小的金牌，比不上又高又寬的獎杯和獎狀體面，卻都是貨真價實，九九九的純金，價值不菲；而且外燴辦桌的「拚桌」比賽不常舉辦，出師十多年來，爸爸共贏回九十多面，可是不得了的成就哇！柴山上大大小小的土雞城餐廳，加起來，少說也有百來位廚師，誰像爸爸這麼厲害？

「可惜我們不在日本，不然，爸爸挑戰鐵人，鐵定成功。」阿弘喃喃自語。「我多發明幾道菜，將來也有打倒鐵人的一天，哼！」

說著，腦海裡竟浮現了自己身著白色工作服，頭戴白色高帽，面對著攝影機，動作優雅的料理美食的情景。

來到頂樓，阿弘忙收回心，小心翼翼的跨進廳裡。

「爸。媽要你下樓吃消夜。」

「嗯！」

香爐上立著六炷香，白煙裊裊，薰得人忍不住瞇起眼睛。

爸爸站在神桌前，望著新到手的金牌出神，兩眉間凹陷出一道直線。

「九十九了，再一面金牌就一百了。神明保佑，啊……」

爸爸嘆了這莫名其妙的一口氣，教阿弘納起悶來。百面金牌不是更好嗎？嘆什麼氣呢？瞧電視上的鐵人，贏了有多神氣呀！

阿弘雖然心中狐疑，卻也不敢問，爸爸並不凶，但是阿弘不知怎麼的，到了他面前便不敢多話。

中華料理

餐桌上，還有媽媽包回來的一些菜尾，阿弘稀嚦呼嚕的吸著大鍋麵，筷子在碗上「喀！喀！」作響，對那些黃魚和土雞，卻碰也不肯碰一下，一雙眼睛偷瞄著爸爸，留意他品嚐鮪魚蒸蛋的表情。

「嗯，不錯。雞蛋淡化了罐頭魚肉的鹹味，口感也不錯，只差……」

一聽到這兒，剛點燃的快樂火苗，被潑了一盆冷水。阿弘像被點了穴似的，全身僵住，靜候下文。

「太油了些。你是不是沒有把罐頭裡的油倒掉一些？」

「沒有。」阿弘搖搖頭。

「所以才會太油。罐頭裡的沙拉油多少含有豆腥味，會混淆了魚肉的鮮味，一清蒸就吃出來了。」

阿弘仔細聽著，並一一記在腦子裡。

爸爸專心吃著菜，沒再發表意見。

阿弘想起剛才樓上那一幕，一團問號在頭殼上揮之不去，終於忍不住壯起膽子，提出疑問，但話一出口，力氣只剩三分：「爸……，你剛才為什麼嘆氣……？」

「大人的事，小孩子不要管。」爸爸話一回，就堵住他的小嘴。

「咦！功課寫完了嗎？」爸爸又說：「別忘了用功讀書，將來考醫生，賺大錢，懂嗎？至少考上旁邊的中山大學，國立的，才不枉費我辛苦賺錢。」

「對呀！」媽媽剛踏出浴室，就忙著幫腔。「別像我們，說好聽是『總鋪師』，事實上就是在做工，從早忙到晚，流了一身臭汗，整天在油鍋和酒席中間走來走去，頭髮和衣服，不是沾上油腥味，就是染上酒酸味，不知道的人還以為我們是酒鬼呢！用功讀書，別學我們做工，沒出息。」

媽訓了一大串，忘了頭髮沒擦乾，水珠滴落肩頭上，染濕了衣領。

「好啦！」阿弘眼神一黯，像是原本活蹦亂跳的孫猴子，被唐僧唸了緊箍咒，太陽穴一疼，人也老老實實的靜下來了。

2 熱鬧滾滾的辦桌現場

「鈴——鈴——鈴——」第二天一早電話又響起。

「喂，阿添師在嗎？」

「喂，是，我就是阿添仔。」

「我下下禮拜天要辦桌，有空嗎？聽說你阿添師手藝好，料實在，昨天在親戚家吃到，果然是名不虛傳。」

原來是昨晚酒席上的客人，顯然又有一筆生意要進門了，阿添師翻開桌曆到那一天。

「謝謝你不嫌棄，大家捧場幫忙。請問結婚嗎？需要幾桌？」

「嘿，我大兒子娶媳婦，想來辦三十桌。」

「沒有問題，三十桌。你需要多少價錢的？一般的四、五千元，再好一點，也有六、七千的。」

「這……，昨天那一場是……？」

「那是五千元一桌的。」

「那麼也是五千元的好了，菜色很體面，同桌的人個個吃得歡喜，吃不完的，全包成菜尾，掃光光，哈！」

「說實在的，外燴辦桌絕對比餐廳真材實料，口味也好。好的，我記一下……，五千元的三十桌……」阿添師取出黑筆，逐一寫下。

「請問頭家，你哪兒？」

「哦！我姓林，市區同愛街，盈豐眼鏡行。」

「需不需要綜藝節目？」

「好哇！辦得愈熱鬧愈好。」

「就讓我來為林老闆接洽電子琴花車吧！不必仲介費的。他們有公定價格，私底下也還可以商量的，你留下電話，我請黃老闆和你聯絡。林老闆，你還能自訂節目喔！」

「真的，那太好了。一切拜託阿添師，麻煩你了。」

大概受到阿添師的感染，客人的語氣變得好客氣，留下電話號碼之後，也不特別指定菜色，也不討價還價，只是一再道謝，十五萬元的買賣，輕鬆就談成了。其實就算再挑剔的客人，憑著阿添師「金牌辦桌總鋪師」的口碑，也都能放一百二十個心，阿添師總是滿足他們看的、聽的、吃的，面子裡子都十足。

「那個禮拜天嘛！有四個歐巴桑要參加老人會辦的泰國五日遊，不能來做水腳喔！」阿弘的媽媽一旁提醒。

水腳就是廚工，負責在辦桌時洗菜、切菜、切肉、擺盤、端菜、收盤、清洗等繁雜的工作。

阿添師放下聽筒，想了一會兒，說：「隔壁的阿嫂、阿嬸，你去問問看，誰有空？」

「禮拜天耶！上山吃土雞的人更多了，誰會有空啊？帶阿弘去幫忙吧？」

「不行。孩子還是留在家讀書。」

找了十幾天，阿弘的媽媽僅找到兩人遞補，最後不得已，只好把阿弘算進去。禮拜六中午一放學，媽媽便頻頻催他寫功課。

「真的？」雖然不是第一次去幫忙，阿弘仍興奮得如同中了彩券。

「你剛升上國中，功課比較重，本來爸爸要你在家用功，可惜人手不夠，只好拉你來幫忙。」媽媽說：「我知道你很喜歡去，但這次是例外。」

「又是拚桌嗎？」阿弘期待。「第一百面金牌？」

「哪有！你以為主人家個個都闊，天天送人金牌呀！上回那一家是企業界的董事長，辦了一百五十桌，為了使菜色豐富，給來賓吃得好，才故意找三位廚師來比賽。明天只有三十桌，我們自己辦都嫌少了，哪有剩下的，讓別人來比賽。」

「那，什麼時候才會有第一百面金牌？」

「等著吧！那是說不準的。」

辦桌的買賣，「談」起來毫不費力，但真正「辦」起來，可不是那麼一回事兒！

前兩天，阿添師便忙著打電話，四處張羅。

搭棚架的公司、租借炊具餐具的公司、辦「庖頭料」的南北貨店舖、菜販、肉販和漁民，個個都是要角，缺一不可，缺了其中一個，這場「色、香、味」俱全的戲，就唱不起來了。

他還慎重的，拿著寫好菜單的紅紙，親自登門拜訪，徵詢意見，務必在事前教主人安心。畢竟一般人家難得一次結婚請客，總希望盛大隆重，酒席代表主人的熱忱，一點也馬虎不得。

「辦桌請客」這回事，一般人家並不生疏，因為台灣各地每年都會輪到一次酬神拜拜，在這一天也辦桌，宴請親朋好友，所以幾乎人人都扮過東家。然而，「喜宴」和拜拜不同，來的客人不只熟絡的親友，還有陌生的，「新親家」的貴客，雙方得靠吃吃喝喝催化成「一家人」，同桌的菜色，不用說，就是主人的面子，一個重要的形象；就算嘴裡不說，任誰心中也會七上八下的掛念著。

阿添師了解，身為一位好的總鋪師，還得周到的擔負起安撫民心的職責。

禮拜六傍晚，魚翅、花菇、干貝、魷魚、蓮子、紅棗、金針、銀耳……，都一一下水泡發。尤其魚翅最是花工夫，必須事先加米酒、老薑和蔥下鍋熬煮一天，將那硬如樹皮的鯊魚鰭燉軟去腥，再學女人修眉毛一般的，用鑷子挑揀出魚翅，去除鰭肉，放入水中養著。

第二天一早，阿添師——阿弘的爸爸喊醒阿弘。

客廳裡堆滿了東西，除了昨晚發好的乾貨，其他的全是南北雜貨店送來的「庖頭料」。仔細看看，有油、鹽、醬、醋、糖、味精、沙茶、咖哩、胡椒、花椒、扁魚、柴魚、蝦米、髮菜……，還有松茸、草菇、豌豆、蠑螺、鮑魚……，各類食品罐頭。其中鮑魚最珍貴，選用澳洲進口車輪牌的產品，一罐的價格便占去一桌酒席的五分之一了。

大門外的空地上也沒閒著，一籮筐一籮筐的瓷盤、大型木製工作檯架、捆成一大束的長水管、十多個浴缸似的鋁盆，更不用細說那些必備的鍋、碗、瓢、勺，都是爸爸獨自一人由倉庫裡抬出來的。

吃過早餐，阿弘便幫著把貨物器材抬上車，然後跟著爸媽往主人家出發。小貨車沿著傍山的小公路蜿蜒而下，阿弘掩不住欣喜，探頭出車窗，風聲呼呼在耳邊吹響。一個上工的假日，換上別人，免不了會哀聲嘆氣，鬱鬱寡歡，而阿弘竟雀躍得如同外出旅遊一般，就連車子穿出中山大學的校門時，他也忘了皺一下眉頭，忘了眨一下眼睛。

「危險！」一個轉彎的路口，他被媽媽拉回窗內。「別得意忘形了。」

主人家的巷子裡已搭好棚架，廚具公司的人正彎著腰，架設紅色的大圓桌，棚架的一端，堆積了如山的菜蔬。

媽媽一下車就接水管，十多個大鋁盆盛滿水，阿弘隨後蹲下，幫忙洗菜。約定好的水腳們，幾乎和雞鴨魚肉、山野海鮮同時到達，簡單的幾句寒暄之後，便分頭工作，有的接過洗好的菜，迅速的切起來；有的翻轉著肉塊，東剁一塊，西割一片。阿弘和媽媽花了半天時間洗揀菜葉，絲毫不肯草率，不清潔的菜若吃進嘴裡，無論碎石或是沙土，都會使人作嘔。

洗完菜，阿弘搶過菜刀，學大人把高麗菜切絲，冬瓜切塊，蘿蔔切片，芋頭切丁……，分別集入小盆中。

「高麗菜絲要細長、均勻、有彈性，像這樣切……」爸爸一旁監督，示範出「咄！咄！咄！」規律的切菜聲，更不忘忙著自己手邊上的事。

洗菜、挑菜和切菜，是基本的準備工夫，困難度不高，卻耗時，一道菜都尚未烹調出來呢！就已經日上三竿了。爸爸買來便當，令大家圍坐在紅圓桌旁午餐，稍微休息一下之後，又忙碌起來。

六個女工再次分組，有人負責將瓷盤、砂鍋、瓷缽依序排開，有人把各種材料分裝到裡面去，有的則給生肉抹鹽巴塗醬油。打火器一點，七鼎大爐便騰起猛火烈焰，轟轟的咆哮怒吼著，爸爸把該煎的、煮的、炒的、炸的、燙的、蒸的、滷的，各樣食材，井然有序的投入其中，大鍋裡又冒出吱吱嚕嚕的怪叫，和火勢合唱。

需要特殊造型的果菜雕飾，也由爸爸操刀。

不用三兩下，蘿蔔雕成的白牡丹，番茄刻成的紅玫瑰，小黃瓜切出的松葉和紅辣椒劃出的炮竹紅，像變魔術似的，一一從爸爸的巧手中開放出來。阿弘一旁讚嘆，雖然看了不只一次，還是看不厭。

白牡丹雖美，卻不討喜，照例要用紅番仔染料沾成豔紅色。爸爸說：「阿弘，你愛畫畫，就交你染吧！」

工作檯上鋪好了三十個粉彩大圓瓷盤，技術純熟的人，不假思索便裝置上高麗菜絲，其他人跟著依樣畫葫蘆。緊接著，片好的鮑魚、豬肚、粉肝、牛肉、火腿、醉雞和烏魚子都陸續上了盤子外緣的扇形小格；涼拌海蜇皮、薑泥蠑螺和糖酥腰果，則被集在圓心的區域，再點綴蔥花、薑絲、蒜片和芫荽，最後，鄭重的擺上果菜刻花，組成了一道口味繁複，多彩多姿的冷盤。

不知不覺已近五點，該準備的材料已大致就緒，媽媽空出一個大鍋，煮起晚餐——大鍋麵。辦桌的人每天看的全是大魚大肉，看得膩了，所以忙裡偷閒吃的，還是簡單清淡的雜菜麵最合胃口。

趁這空檔，爸爸催阿弘擺筷子。二十四雙筷子不是任意擺就行，而是在新娘桌上組成「喜」字，在母舅桌上排出「星」形，以象徵金玉滿堂，圓圓滿滿。這是講究的師傅，對主人家的一番敬意。

爸爸則在預留的兩個大盤上，特別製作「鸞鳳拼盤」。剛才用來組合冷盤的材料，這時變成七色羽毛，一片片重疊為一隻彩鳳。頭上的細毛，是剁成絲的雞胸肉；大黃瓜皮刻出的長尾巴，裝飾著鮮紅色的小櫻桃，自然的向外舒卷；而香菇切片模擬而成的上下眼瞼，襯托著葡萄乾假扮的眼珠子分外傳神。

「這兩隻鳳凰，看起來一樣，其實是不同的。」爸爸說：「母舅桌的鳳是端坐的，尾巴向外散射，象徵母舅威儀齊天，公正廉明，可為出嫁的新娘主持公道。」

爸爸扶著另一盤的盤緣，又說：「新娘桌的鳳尾是彎曲飛翔的，代表新娘由娘家飛到夫家，從此攜手白頭到老。待會兒端這兩盤的人，別忘了向客人介紹其中的意思，討個好吉兆。」

阿弘覺得這些典故真是體貼又有趣呀！

客人漸漸多了。來的人莫不是盛裝赴宴，男的西裝，女的洋服；最受青睞的顏色還是大紅，男士們不好著紅衣紅褲，仍不忘打一條紅彤彤的領帶來。

吃完大鍋麵的人先搓湯圓，準備下鍋油炸。這第二道菜是宴席的主題，婚禮的酒席以「圓」為主旨，因此上這一道看似點心，其實寓意深遠的主菜。

「喂！你看女主人，金光閃閃，頭髮梳那麼高，快要頂上天了……」一個來補空缺的女工說。

「家裡有喜事的人，誰不這樣打扮？」媽媽說。

「添嫂，你看她那串珍珠項鍊，繞成三圈呢！真的還假的？」另一個端菜的女工說。

「當然是真的囉！眼鏡行很好賺的！」有人插嘴。

「有錢，怎麼不請六千元的呢？哎！」媽嘆了一聲。

一群辦桌的女人手忙腳亂，嘴巴可也不閒，三姑六婆的聊著。

天色漸暗，客人多已就座，除了少數幾人無所事事發呆，其餘的不是聊天，就是嗑瓜子，整條巷子鬧哄哄。

突然，閃爍著七彩燈泡的電子琴花車駛入巷內，和阿弘他們一前一後的矗立在巷子兩端，人潮掀起一陣騷動。

「添仔！」一個低啞濁重的聲音喚著。「咳！……添仔！」

阿弘的爸爸被點了名，猛一抬頭。

「啊！師父，是你哪！你……」

「我來吃喜酒。咳！這油煙……，我到那邊去。」說完，繞過火爐到水盆邊。

「阿弘！阿弘！看，誰來了。」爸爸轉身大叫。

阿弘正盯著電子琴花車出神，一回頭也一陣驚喜。

「啊！太師父。」

眼前這位灰頭髮，白鬍子的老先生，正是爸爸的師父，人稱「國寶級辦桌總鋪師」的「阿祿師」，因為是爸爸的師父，所以阿弘要尊稱一聲「太師父」。

「喔！阿弘也來幫忙啊！真乖，咳！」

「太師父，你也來……」

「咳！」太師父忍住咳，伸出雙手，一隻做捧碗的樣子，另一隻

比出食指和中指，假扮成筷子，呼嚕嚕的往白鬍子圈住的，皺巴巴的嘴唇邊送。

「嘻！」阿弘被逗笑了。

「師父，親戚嗎？」爸爸取來一把凳子。

「不坐了。是！咳！新娘的爸爸，遠房的，台中人，倒是偶爾會來走動一下。」太師父往鍋裡瞄了一眼。「今天辦什麼好料哇？」

「哈！還不都是你的功夫？」爸爸搔著後腦勺。

阿弘吃驚的看著爸爸，難得看到他臉紅的樣子。

「你知道誰介紹的嗎？這一場喜宴。」

「前幾天有一場，這家主人吃得滿……」

太師父搖頭，打斷爸爸。

「啊！難道說是你……」

太師父又點頭，打斷爸爸。

「我是大力推薦你啦！可是新郎的爸爸謹慎，硬是要吃過了才放心，早說了嘛！哈！咳……咳……咳……」太師父一岔氣，咳得更厲害了。

「師父，你坐嘛！」

「喔！」太師父深吸一口氣，終於止住。「我這氣管，哎！退休以後也跟著退化了。添仔，小心油煙，總鋪師的職業病啊！」

阿弘也說：「太師父請坐。」

「不坐了，不坐了。我找我的位子去，慢了，怕給年輕人占去囉！嘿！嗚……」他忙停話，掩住嘴，以防咳嗽又頑皮的跳出來，然後，低頭揮手，往人群中踱去。

望著太師父的背影，阿弘心想：「怎麼才兩、三個月不見，他老人家竟咳得這麼厲害？」

鞭炮聲終於響起，開桌了——。

「一人五桌，記住自己的位置，照剛才分配的那樣。」爸爸發號施令，留下媽媽和一名女工，繼續在工作檯邊忙碌。

阿弘接受指令，端起冷盤，和另五名女工魚貫步入圓桌間的走道。大夥兒一個挨一個的模樣，好像舞台上跑龍套的演員，阿弘想著，不禁笑了出來。

「各位親愛的來賓。」電子琴花車說話了，透過擴音機，相距十五桌之遠的鍋爐邊，仍是震耳欲聾。「歡迎你光臨林府喜宴，今天是盈豐眼鏡行的小老闆要娶台中的美嬌娘素蘭小姐，我們先請雙方家長上台說幾句話，還有證婚人『國寶級辦桌總鋪師』的阿祿師，請掌聲鼓勵。」

囍

阿弘愣了一下，原來太師父是來證婚的，剛才一句話也不提，真會保密。

端出炸圓仔時，爸爸的海鮮魚翅羹正要起鍋，阿弘腳步一急，忘了注意花車上的動靜，只聽到太師父說台語：「食雞，會起家；食魚丸，子孫中狀元；食魷魚，生子好育飼；食芋，新郎好頭路，新婦好大肚；食甜豆，夫妻食到老老老。你們少年人，現在都不會說這些好話囉！咳！」台下人聽得歡喜，報以熱烈的掌聲。

為了滿足飢腸轆轆的客人，一開始出菜的速度很快，約莫五分鐘左右就上一道新菜。到了端出第六道菜「紅蟳米糕」之後，客人們肚子裡有了底了，一對新人起身敬酒，菜也就可以出得緩些。

花車上也早已換上歌舞綜藝節目，音樂和動感歌聲之外，主持人「后！右！后！」歇斯底里般的吶喊助勢，夾雜著鼎沸的人聲，台上台下熱炒成一鍋。

勁舞的女郎穿著十分清涼，肚臍和大腿都露出來，像泥鰍一般扭動。阿弘好奇的看了半晌，突然又羞得縮起脖子。

爸爸趁著難得的空閒，找太師父敬酒，阿弘心虛的跟上。

喧鬧中，聽見有人對爸爸吼叫。

「阿添師！口味讚喔！」這人挺出大拇指。

「辛苦！辛苦！不愧是『金牌總鋪師』！」又有人說。

「哎！阿添師的魚翅，真是魚翅！」說著，還是一根大拇指。

太師父聽了點頭微笑，爸爸卻笑得合不攏嘴，一邊鞠躬答謝，一邊敬酒回禮。

往回走時，爸爸忽然想到了什麼。

「對了，再過十天就是朱府王爺千秋，我們柴山酬神吃拜拜了。

囍

我留幾個位子，讓你請同學和老師來吃拜拜。」爸爸一高興。「算了！今年多請一桌好了，多這一桌給你啦！看你愛請誰。」

「真的！」阿弘又驚又喜。

雖然是繼續端菜，耳朵邊還是嘈雜的樂聲，阿弘的心卻飛出九霄雲外，神遊去了。事實上，那顆心一會兒飛回柴山，一會兒飛回學校，物色著最適當的客人人選。

第一次真正當主人耶！而且有十位客人。一想起，阿弘就興奮。葛老師——葛模理老師是一定要的，還有……還有……。

「哎喲！」新娘慘叫一聲，小酒杯裡的黃湯潑到客人頭上。

都怪阿弘心神不寧，踩到人家的蓬蓬裙了。

3

一個洋人兩種洋相

葛老師是阿弘的英文老師，阿弘第一個就想到他，主要是他幽默風趣，很受同學歡迎。

第一堂英文課時，同學們就對他的金髮碧眼感到興趣，紛紛在底下交頭接耳。

「大家好，我叫做葛模理。為什麼是葛模理呢？因為我剛來台灣時，上第一堂課的第一句話是"Good Morning"，所以台下的人就叫我『葛模理先生』。」

葛老師一開口就引來哄堂大笑，尤其他的國語，有一種咬字捲舌的北京話怪腔，卻分不清四聲，聽起來像機器人說話。

一般國中並沒有外國老師，是阿弘的爸爸望子成龍，為了栽培他，讓他讀高雄市內一所以英語教學聞名的私立中學，中學是美國基督教教會開辦的，因此有好多位美國籍的老師。

學校位於市區的東北方，離柴山少說也有二十公里遠，所以阿弘得一早騎上腳踏車，沿山路穿過中山大學，來到西子灣邊，有渡輪通旗津的渡船場等校車。

私立中學管得嚴，家長比較能放心，但是學生的課業壓力相對提升。阿弘骨子裡並不愛讀書，更不想考醫生或唸大學，他寧願像爸媽一樣，水裡來火裡去的，將生硬冰冷，平淡無味的各種材料，變成一盤盤熱呼呼又香噴噴的美食，雖然忙碌辛苦，卻有趣多了。

誰說讀書就不辛苦呢？記公式、算數字、寫筆記、背單字，還有大大小小，考也考不完的，折磨人的測驗，比起辦桌，可一點也不輕鬆。阿弘每天騎車穿越中山大學時，總是感到一股莫名的壓迫感向他襲擊，甚至當隱藏在樹叢背後的磚紅教室將現而未現時，心裡就有一陣酸噁的排斥感，可是出入就只這一條路，沒得選擇，只好低頭，加緊踏步。

今年柴山山海宮朱府王爺千秋是禮拜三，不少同學下了課還得趕去補習，阿弘問來問去，只有五個人能來吃拜拜，加上葛老師和班導師楊老師，共有七人，坐不滿一桌。而且，他們七人只能在阿弘家吃上半場，因為阿弘的鄰居，又是同班的林友智來搶客人，說好了，下半場轉移陣營，到他家作客。

其實不管到誰家，吃到的還不都是阿弘的爸爸——阿添師辦的菜。柴山上十多家土雞城餐廳，就只會煮三杯雞、苦瓜雞、蛤蜊雞、人參雞、香菇雞、九尾雞……，說到山珍海味俱備的酒席，師傅們就臉紅搖頭了。都怪阿添師，怕被他比下去，沒有人敢自己辦桌；但是反過來也感謝阿添師，大家全部將宴席交代給他，自己樂得輕鬆，還能盡情的陪親朋好友閒聊划拳。

這一天晚上，土雞城紛紛歇業，但有趣的是，稻草棚上的七彩霓虹燈，不但不熄，反而再裝飾上倉庫裡的，一閃一爍的聖誕樹燈；山路上的人車不但不減，反而比假日裡還要壅塞；宴客的菜肴，比平日裡賣錢的土雞豐盛百倍；親友相見，分外歡暢，熱絡的氣氛，四處洋溢。抬頭張望，整面牆似的山坡上綴滿耀眼的光芒，比個不夜城還像不夜城。

辦桌的工作檯就搭在山海宮前，面海的廣場上，和黃老闆的電子琴花車左右對峙。

爸爸要阿弘在家陪客人，不用管辦桌的事，不過等阿弘的客人轉到林友智家後，就得接替媽媽的工作，讓媽媽和好久不見的外婆、舅舅和阿姨們多聊聊。

老師和同學們陸續就位，八個人湊不足一桌，還留下兩個位子。

阿弘的親戚大多分散在高雄、台南、嘉義和屏東的鄉下，鄉下人大概難得見到外國人，紛紛投來好奇的眼光。

「阿弘啊！這位也是老師嗎？」一位歐巴桑咧開了嘴，看著葛老師說。

阿弘點點頭。「姑婆好。」

「嗨！阿弘的老師有美國人耶！」姑婆像得了寶似的，奔回座位，前後左右拉人，四處宣揚。

眾親友投射過來的目光更多了，都伴隨著善意和驚喜的笑容，阿弘被看得不好意思，把臉朝邊擺。

楊老師揚一揚眉，淺笑一下，又給葛老師使了一下眼色。

「Kevin!」葛老師高聲喚起阿弘的英文名字。「Answer my question. Ok?（回答我的問題，好嗎？）」

「啊！」阿弘愣了一下才說：「Yes.（好的。）」

「How many people are there in your family?（你家裡有多少人？）」

「There are three people in my family.（我家裡有三個人。）」

阿弘不敢怠慢，用葛老師平日要求的完整句型回答。

「How old are you?（你幾歲？）」

「I am thirteen years old.（我十三歲。）」

「How tall are you?（你有多高？）」

「I am five feet three inches tall.（我五呎三吋高。）」

阿弘一連答了三個問題，心生納悶。這些課堂上反覆練習，練習得快爛熟的對話，彼此之間並不相干，他不懂，葛老師搞什麼鬼呀！

一回頭，猛然驚覺圓桌四周已圍滿人。

「天壽喔！阿弘才去唸了一個學期，就已經會和外國人講話了，真是厲害！」姑婆一旁讚嘆。

「阿添仔這次押對寶，選對學校。」又有人說。

大夥兒七嘴八舌的討論起來。正巧媽媽端來冷盤，大家轉向她賀喜。

「你們阿弘好棒啊！竟然會和外國人講英文。我那個阿英都高三了，還不敢開口吐半個字咧！」

「阿弘這麼厲害，你快要好命了。」

媽媽被灌了迷湯，昏昏的傻笑，忘了要說什麼話了。回頭看看葛老師，正和楊老師兩人得意的笑著。

本來還有兩個空位，太師父不知何時鑽出來的，也來湊一桌。他笑瞇瞇對阿弘說：「阿弘不錯哦！英語說得這麼好。」

葛老師向太師父點頭致意，說：「Kevin，這一位老先生是？」

「喲！外國老師會說國語呀？還比我這台灣國語標準多了。」太師父不等阿弘回答，搶著讚美。

「太師父，這位是葛老師。」阿弘介紹。「這位是楊老師，我們班導師。還有同學。」

「太師父，是我爸爸的師父，爸爸的老師啦。」阿弘面對老師們說。

太師父請大家不要客氣，盡量用菜。

「葛老師喜歡中華料理嗎？咳！」太師父的毛病又犯了，轉身往沒人的地方咳了一下。

「喜歡，喜歡。我最喜歡吃水餃。」

「吃『睡覺』？睡著了怎麼吃？」太師父大吃一驚。

又是洋人洋腔的怪調四聲擾亂了聽神經。

「不，不，不。水，ㄕㄨㄟ水，水餃。有菜，有肉，還有麵皮，吃一口，什麼都有，又香又營養。」葛老師趕緊解釋。

「哦！水餃，水餃。」太師父仰起下巴，張大了嘴。「呵！呵！呵！咳……。」

還好不是雞同鴨講，同桌的人放心的痴痴呆笑。

「大家看看，這就是我們中華料理的特色，咳！搭配不同的材料，創造出新的口味來，材料很多很雜，變化就千奇百怪了。西餐不是，牛排是牛排，沙拉是沙拉，先吃一種，再吃另一種，分得一清二楚。」太師父含下一口隨身攜帶的爽喉散，喉頭一清涼，止住咳，話也多起來。「不同部位的牛排，滋味和口感有差別，但是醬汁不外是黑胡椒和磨菇，吃來吃去都差不多。中華料理中的牛肉可就神奇了，不只全身上下每個部位都不放過，配合各式調味料，各樣蔬菜增添顏色和香味，經過煎、煮、炒、炸、蒸、燴、熘、燙、烤、焗、爆、煲、熬、煨、燒、燜、炖……，至少可以做出一千多道菜呢！」

「哇！」大夥兒聽得津津有味。

說到牛排，阿弘就一定想起惠貞姐。阿弘第一次吃西餐，就是隔壁的惠貞姐請他去吃的，市區裡一家很大的「鬥牛士牛排館」；她教他使用刀叉，練習西餐禮儀，阿弘感到新鮮有趣，當揮舞著刀叉時，好像真的化身成西班牙的鬥牛士，吃起來好刺激，好過癮。

可惜，一年多前，惠貞姐全家搬走了。聽大人說，是惠貞姐的爸爸迷上六合彩，放著土雞城的生意不做，後來欠下巨額的賭債，只好跑路。哎！如果她也在就更好了。

阿弘想著，心情有些灰暗，不過新菜一上桌，注意力就被吸回來了。

說曹操，曹操到。才剛討論到牛肉，這會兒媽媽就上了一盤「酸芒牛柳」來。

「喔！真巧。咦……，今天農曆三月十六，芒果還沒結果咧，添仔用了冷凍水果囉！怕是甜了一點。」太師父挾了一些送入口中。

「嗯……，嗯……，還好，夠酸，就不那麼甜。來，大家試試，牛肉中帶著芒果的酸甜，芒果中混著牛肉的鮮味，嗯，這個添仔，還偷淋了水果醋。」

大家學著分辨，果真吃出許多味道。

「哎！阿弘啊，你爸爸死不改這冒險精神，是幾年前牛肉進口關稅降低，澳洲人來大力促銷，台灣人才開始學吃牛肉，若是更早之前，這道菜沒人會碰的，尤其鄉下人感恩牛在田裡的辛勞，大部分不吃牛肉，即使到現在，還是有人忌口。」太師父皺皺眉。「出奇致勝是不錯，記得提醒他，辦桌菜還是不忘要顧著大眾化才行。」

「太師父這麼內行，想必吃遍各種美食。是一位美食家囉！Right?（對吧？）」楊老師發問。

楊老師明明教的是國文，偏偏又愛賣弄英語，尤其和葛老師同行，似乎不得不來那麼一下。

「老師，太師父以前是很有名的廚師喔！」阿弘眉飛色舞。「我們這兒的人都喊他『國寶級辦桌總鋪師』，不只是很會辦桌喔，後來還被很多大飯店請去當主廚，好威風的。」

阿弘記得太師父家的客廳裡，擺著許多獎牌、獎狀和金牌，數量比爸爸多得多。可惜他沒查仔細太師父的光榮史，一張小嘴，說不盡他大大的厲害。

「哪裡……哪裡……。福華、圓山、國賓、希爾頓，我都待過，退休前幾年回來高雄，本來在麗景做得好好的，被人拖到紅荷園去，不到兩年，就搖得我天昏地暗，哎！我也就不想再做了。」太師父輕嘆了一聲。「老囉！老囉！嘿……嘿……。」

「你說的可是高雄港邊，天帝大廈，一百層樓高的『紅荷園』餐廳嗎？」楊老師吐了吐舌頭，忘了放幾個英文單字進去。

「嘿！夏天的西北雨一來，不到半分鐘，整片烏雲就在面前飄過來，好像是演完戲，布幕一下子拉下，隔著落地大玻璃牆，一伸手就摸得到一樣。很壯觀咧！大自然……」太師父抬起頭，望著又圓又亮的滿月。「不只市長是我的常客，總統到高雄來，一定光臨紅荷園，每次都包一個大紅包送我。呵！讓你們猜，他最喜歡吃什麼？」

「螃蟹！」「龍蝦！」「魚翅！」「燕窩！」

太師父微笑搖頭，神祕兮兮。「再猜！」

「猴腦！」「熊掌！」「象鼻！」

有人胡亂猜。

「亂講，野蠻人才吃保育的野生動物。是豆腐——」太師父被激得提早公布答案。「豆腐味道清淡如水，要做得好吃，很不容易，紅荷園的豆腐都是師傅磨漿親點，不買現成的。說實在，紅荷園真不錯，福利好，視野好，連幾個餐飲學校出身的小師傅，雖然不是自己的徒子徒孫，卻也十分尊敬我這老師父。哎！可惜，太高了，每天搖來搖去，搖得我血壓往上衝；不過，我現在雖然退休了，舌頭還是很靈哦！」

「是，太師父『寶刀未老』。」楊老師說。

「紅荷園我去過，很漂亮。」說這話的是葛老師。

「什麼？Are you sure?（你確定？）會員制的耶！年費得要八十萬元，我去問過了。八十萬，夠我買十幾件進口名牌衣服了。」楊老師大叫。

「高雄的主教是會員，他女兒結婚時在那兒請客，我也接到紅帖了。對！我最記得那幅國畫『紅荷夜宴圖』，整面牆那麼大，還有掛滿四處的『潑彩紅荷』畫作，好特別。」

「我們葛老師仰慕中華文化，特別喜愛國畫。上回生日，阿弘不是送他一幅水墨畫嗎？葛老師感動得淚水直打轉呢！」楊老師對太師父說。「他啊！三餐飯後一定飲茶，還有一鼎三層式的紫砂香爐，經過他的宿舍總會聞到一股神祕的檀香，真是比我們更像東方人。我呢！還是覺得coffee（咖啡）比較romantic（浪漫）。」

「Kevin，那幅畫我裱褙好了，掛在房間。」

「真的？」阿弘驚喜。

「上禮拜，我陪一個美國朋友去台北逛故宮，看到那幅原畫了，我朋友說，房間裡的那一幅比較好看喔！」葛老師說。

「怎麼會呢？哈！」阿弘羞得搔腦勺。「我是臨摹宋朝梁楷的『潑墨仙人』，他是大畫家，我怎麼跟他比呢！他平常畫人物都很精細，聽說這一幅是他喝醉酒，大筆一揮……」

「歐！My goodness!（我的天哪！）你送我的不是一座山嗎？」葛老師眉頭一鎖。

天哪！阿弘感到一陣暈眩，好像被人用大鐵鍋往頭上重重一擊。難怪說比原畫好看了！

太師父和大家一樣，笑也不是，不笑好像也不對，表情就僵在那兒。

「嗨！師父、老師和同學們，歡迎，歡迎。」阿弘的爸爸中場休息，跑回來招呼客人，正巧打破這尷尬的氣氛。「師父，一個歐巴桑水腳前幾天去了一趟泰國，我託她買了五盒燕窩，你這咳，從過年到現在都沒好。」

爸爸交代阿弘說：「在房間桌上，太師父走時，記得拿給他，別忘了。」

爸爸給大人們都斟了酒，敬兩位老師說：「謝謝老師教導，敬兩位。」

一杯黃湯下肚之後，爸爸又說：「我就一個兒子，希望他將來能讀大學，出人頭地，請老師嚴格管教。」

楊老師回禮，瞅著葛老師，又是一個眼色。

「咳！嗯……」葛老師清了清喉嚨。「Kevin, answer my questions.

（阿弘，回答我的問題。）」

阿弘心裡嘀咕，怎麼又來了？

「What is your father?（你的父親是什麼職業？）」

「Oh, My father is a baker.」阿弘還有些暈，一不小心，發錯了最後一個字的音。

「Beggar？」葛老師吃驚的求證。

「喂！魏子弘，Beggar是乞丐耶！」一個不識相的同學道出。

「不，是Baker。」阿弘記得圖解英文字典中，一個穿白衣，戴白高帽的人像旁，是這麼寫的。

「阿弘，那是烤麵包師，廚師是Cook才對。」楊老師糾正他。

爸爸是丈二金剛摸不著頭腦，阿弘卻臉紅得想找個地洞鑽進去，怎麼會一錯再錯，當著大家的面，把爸爸說成乞丐呢？

4 可憐的歌舞女郎

林友智比阿弘的爸爸晚到，不好意思打斷大家談話，只好在楊老師耳邊輕聲細語：「老師，換到我家了啦！我爸媽一直問我咧，怎麼還沒來？」

楊老師先行起身，其他人接收了指令，也跟著向主人告辭。

臨行前，林友智挨到阿弘身邊說：「我剛才走來時，轉到廟口看熱鬧，發現電子琴花車上，好像有一個你認識的人喔！你去看看。」

「誰呀？」阿弘感到莫名其妙。

「你自己去看就知道啦！我們先走了。」說完，向魏家人一鞠躬，領著大夥兒往外走。

眼看美國人要離開了，阿弘的親友們好奇地停止吃喝，又是一陣陣目光送行。太師父不甘寂寞，換桌子找別人繼續聊。

這個林友智真無聊，愛說又不說清楚，愛賣關子，逗得阿弘有點急又有點氣。

送客人到院子外的岔路口之後，阿弘便往山海宮走去，他得趕去替換媽媽，好讓媽媽全心和親友們敘舊。現在被林友智一引誘，阿弘益發加緊腳步，好早些解開疑竇。

「在這個世間走到感情放一邊，同情不同情，也是自己的前程……」一路上，電子琴花車的歌聲就在耳邊迴盪，那聲音加上了聲控回音效果，音調被扭曲得忽高忽低，像是無焰殘燈下飄搖的影子，一會兒在東，一會兒在西，教人分辨不清來處。

阿弘家和山海宮之間還隔著一座野林子，雖然走在熟悉的小徑上，又逢家家戶戶高朋滿座的歡樂時節，但是四下只有荒林枯草、冷月孤燈，阿弘追逐著這淒涼恍惚的女聲，不由得起了一身的雞皮疙瘩，腳步收得更快了。

「『感情放一邊』，感謝你。接下來為各位鄉親帶來的歌曲是『舞女』。」

電子琴花車前聚滿了人，個個踮起足尖，伸長脖子，往台上看著；幾個交頭接耳的男人，阿弘認得出是土雞城的一些師傅們。

「打扮得妖嬌模樣，陪人客搖來搖去……」歌舞節奏倏地變奏，女郎邁出修長的腿，左踩一下，右頓一點，兩隻手臂也配合著一伸一張。

「后──后──，啊──咿──右──」男主持人在旁邊輕浮的狂叫。

隨著旋律流轉，台上的燈光忽紅忽藍，忽明忽暗。車頂上吊著的一顆大球鏡，反射出探照燈的色光，向四面八方輻射出千萬個火焰般的亮點，席捲了整個舞台；底下噴出濃重的乾冰，四處瀰漫的白煙被染成妖裡妖氣的怪色調，舞在上頭的女郎，儼然成了騰雲駕霧的女妖精。

「台上是誰？」

相隔太遠，撲朔迷離中，阿弘也看不清，只覺得那些紅橙黃藍的色光，像是瓦斯爐燃起的火焰；騰起的白煙，是鍋蓋上噴出的水蒸氣；而中央那抖動得異常狂野的人影，是熱油鍋裡掙扎翻滾的菜肉。一股高溫氣流向人襲來，還有那比雷還響的擴音器，震得阿弘渾身不舒服。

「啊——啊——啊——，誰人會來了解，做舞女的悲哀，暗暗流著目屎，也是激得笑咳咳……」台上的女郎反手解開背上的鈕扣，連身的亮片衣裙一脫，露出了大腿和肚臍，燈光立即轉成銀白，人與物都還原成本色，好讓觀眾飽飽眼福。

「阿貞！加油！喲！」台下有人狂吼幾聲。

山海宮

一剎時，阿弘呆住了，他不敢相信自己的耳朵，更不敢相信自己的眼睛，歌舞女郎雖然濃妝豔抹，五官卻因此更加立體鮮明，阿弘認出，那人竟是久沒音訊的惠貞姐。

「阿弘！」「阿弘！」

阿弘的背被人拍了一下，回頭一看，是媽媽。

「還不快來幫忙？剛才叫了你老半天，你都沒聽見……」怕阿弘聽不清楚，媽媽大聲嚷嚷。

「媽！你看——」阿弘哭喪著一張臉，伸手指向台上。

媽媽猛點頭，拉下阿弘的手，又拿出食指擺在唇邊，示意不要宣揚。其實不用宣揚，台下的熟人，一看就曉得了；也沒必要叫阿弘小聲，那上百分貝的噪音，並非喉嚨的肉聲所能匹敵，除了媽媽，誰又聽得見阿弘的叫聲呢？

他被媽媽硬拉走，到人群後面，辦桌的工作檯邊。

「快！這些是家裡的，快端去。」媽媽說完，用托盤盛起兩個砂鍋，交給阿弘捧著，自己也托起一盤。

「媽……」

「先走再說。」

進入林子，灌進耳朵內的音量減少了，說起話來不必再費力。

「媽，怎麼會這樣？」

「八成是替她爸爸還債，可憐喔！可憐的惠貞……」

「惠貞姐是被人逼的嗎？」

「不得已的吧？哎！都是賭博害死人。」

「六合彩嗎？」

「何止六合彩，以前愛國獎券發行時，她爸爸也迷大家樂，賠光了積蓄，不知要收手，愛國獎券停辦之後，又玩香港開的六合彩，你看，欠了一屁股債，現在連女兒也賠進去了。」媽媽越說越氣。「奇怪！她怎麼還回來跳？」

「土雞城有一些師傅，每到禮拜二和禮拜四，就聚在一起談數字、逼籤詩。」

「哎！這些人，報應就擺在眼前，仍不知死活。」

阿弘難過得低下頭，才警覺到濃濃的麻油香竄出了砂鍋蓋，撲進鼻孔。

「是三杯雞嗎？」阿弘問。

「不，是泥鰍。」

「三杯泥鰍」也是阿添師的拿手菜。道地的「三杯泥鰍」得用砂鍋燜煮，一個砂鍋對一個火爐，百多桌的酒席哪來那麼多爐灶？偏偏柴山人想吃，土雞城裡多的是瓦斯爐，每家捧出幾個給阿添師使用，分批烹煮，非得吃到這道菜不可。土雞城不是沒賣「三杯雞」，也是用砂鍋燜，麻油、醬油和米酒一杯不少；蒜頭、老薑和九層塔一樣不缺，怎麼味道就是和阿添師不同，少了一股醇厚古雅，類似陳年檜木的香氣。

阿添師製作「三杯」的步驟，其實沒有兩樣，只不過麻油是親自前往嘉義新港，向百年油廠「明正齋」打回來的，純正胡麻油不摻一滴沙拉油進去；醬油則是新港媽祖廟口，「阿塗伯」醬行純黑豆釀造的手工醬油，比起豆麥釀造的甘甜，又帶著豆豉的糟腐香；酒則是陳年高粱和米酒對半混合，因此，加熱化合之後的新風味，大大不同於一般的人間味。瓶上的商標，統統被阿添師撕去，混合的酒也另外用大玻璃瓶裝，就算給外人猜上三天三夜，也猜不到這獨特的祕方。

砂鍋蓋未掀開，就聽見客人「嘖！嘖！」讚賞。原本活蹦亂跳，又鑽又滾的十幾條泥鰍，被三昧真火煉成了焦黃酥爛的美食，眾饕客們吃盡肉，啃光骨，吸乾髓，沒幾下，只剩一堆尾鰭和魚刺；不少人意猶未盡，仍然竹筷齊飛，挾出老薑、蒜片和九層塔，專注的吸食殘餘的滋味。原先上半場已吃完了六道菜，這「三杯泥鰍」不輸孟婆湯，一下了肚，教那六道菜全成了前世的事了；而原來已有八分飽的人，也惡意遺忘了飽食感，孩子似的嚷著「還要」。

客人吃得盡興，本來是主人求之不得的事，但是阿弘看到殘留的魚骨、魚刺，竟悽悽的難過起來，腦海裡全都是扭腰擺臀，舞得一條條活泥鰍似的歌舞女郎影像。

他頭一轉，又往廣場奔去。

空氣中迴響的音色已變了樣，料想唱歌跳舞的已經換了人，到台前一看，果然沒錯。阿弘轉往花車後頭去找，仍然不見惠貞姐蹤影，無奈，只好回工作檯繼續端菜。

大碗公內盛的是「菠菜吻仔魚羹」，大碗公肚小口大，怕潑出來，阿弘小心翼翼的放慢了腳步。

忽然，他瞥見廣場下坡處的酒席間，閃爍著金金紅紅的光點，仔細留神，正是惠貞姐的亮片衣裙，她已穿回衣服，彎腰鞠躬的向客人一一敬酒。阿弘想上前打招呼，卻害怕傷了惠貞姐自尊，可是又急切的想問候她、安慰她，心中矛盾猶豫，雙腳也就呆呆的黏在原地。

一個酒糟鼻的中年男子，趁惠貞姐背對她時，以迅雷不及掩耳的速度，伸手朝人家屁股一摸，隨即回頭，裝成無事的樣子，嘴角卻掩不住淫淫的微笑。惠貞姐像被電擊中，跳了起來，轉身對那人大喝道：「先生，請你放尊重一點，我們賣藝不賣身的。」

阿弘一氣，再顧不了許多，端著羹湯往前跨去。

那男人被罵，失了面子，便往地上吐痰，破口大罵：「呸！少給我裝淑女了，你以為你是古裝片裡的江南名妓呀！什麼賣藝不賣身？呸！你這落翅仔，賣什麼不都一樣賺錢，就偏不信不能摸。」

話說完，從口袋裡掏出一紙千元大鈔，要往人胸前塞。惠貞姐倒退一步，一個巴掌落在男人左臉，拔腿就跑。男人一愣，脹紅了臉，把錢往地上一砸，大叫：「死三八，不想活了，有膽別跑！」並高舉雙臂，向前追趕。

阿弘再也按捺不住怒氣，一個箭步衝到前面，和他撞個滿懷，熱滾滾的綠色羹湯，濕漉漉的倒在男人身上，燙得他「哇！哇！」慘叫，那恐怖的模樣，活似電影裡的「沼澤怪獸」。

阿弘闖了禍，嚇得不敢亂動，男人又要揮拳打來，被那家主人勸下：「快！快！沖水要緊，別燙傷了。」

主人認識阿弘，趕來打圓場，一邊拉男人進門梳洗，一邊眨眼睛，挪下巴，催阿弘快走。

惠貞姐已不見人影，但剛剛阿弘瞥見她回眸一望。

「她看到我了……」阿弘心想。

潑光了湯，撞碎了兩個粉彩大碗公，阿弘以為少不了要挨爸爸一頓打。因此，提著一顆心，向爸爸認罪。

爸爸平日不凶，可是阿弘犯了錯，爸爸是不寬貸的。像國小五年級時，爸爸認為學國畫無助於功課，一學期之後就不再給錢讓他去學，阿弘卻愛畫，偷了五百元繳學費，被爸爸狠狠的修理了一頓。

還有一次，他在哈瑪星夜市看人玩紙牌賭錢，覺得別人贏得很容易，便掏出零用錢押寶。不知道柴山人誰看見了，回去告密，那晚，他不只輸了三百元，還被藤條打得幾乎皮開肉綻，罰跪神明廳。

出人意料的，爸爸這次沒有打人，甚至也沒生氣，問明了事情的原委，他只是嚴肅的說：「俗話說：『顧客永遠是對的』，何況這是客人的客人，更沒有潑人家湯的道理，以後絕對不許再這樣，知道嗎？」

雖然如此，阿弘仍然悶悶不樂，第一次當主人的新鮮感和成就感，完全被這股悶氣籠罩住了。送客人時、收東西時、盥洗時、上床時，他都無精打采，若有所失。

這一夜，阿弘失眠了。

「惠貞姐……」他躺在床上翻來覆去，腦子裡全是惠貞姐的影子，總覺得她好可憐，不知道現在怎麼樣了。

窗外月明星稀，偌大的台灣海峽黑得像墨池，只有外海上零星散點的幾道貨輪燈火與月光相輝映；土雞城的霓虹燈都已入眠，連少數幾盞路燈，也昏昏的打著瞌睡。反正睡不著，阿弘索性爬起來，到客廳看魚。

黑暗的客廳中，傳來「咕嚕嚕——」的水流聲，山腳下滿潮的浪濤聲，也清晰的竄進來伴奏，這一低一高的合唱，教阿弘的一顆心，想平靜卻又靜不下來。

他打開水族箱的螢光燈，倒進幾顆飼料。

上禮拜新添的神仙魚，大概睡不安穩，首先醒來覓食，那副銀白色的寬扁身材，慢條斯理的拖著一對長而細的胸鰭，像神仙一樣悠哉、悠哉。

自從神仙魚加入水世界之後，阿弘就感到不對勁，那張荷蘭鬱金香花田顯得太花俏了，配不上神仙魚的氣質。因此，他翻開零用錢買來的畫冊《故宮藏畫精選》，臨摹唐伯虎的名畫「溪山漁隱圖」，其中有兩位隱士泛舟弄笛的那一段，準備換下七彩花田。他畫了三天了，光只用墨白描，已描好輪廓，還沒填彩上去。

這會兒看鬱金香，越看越不順眼，也不管沒畫完，黑白就黑白吧！

每次要給蘿蔔刻的白牡丹染上紅番仔染料，爸爸就會說：「阿弘，你愛畫畫，就交你染吧！」可是爸爸哪裡喜歡他畫畫呢！才一個學期，爸爸就說：「不行！不讓你學畫了，以後又不是要去給人家畫招牌。」阿弘還想學爸爸雕刻蔬果，組合盤飾，卻是一個字也不敢提，因為這些都與功課無關。

想起那些學國畫的日子，真是多姿多彩。用毛筆蘸上顏料，揮灑幾筆，菊花、麻雀、山石、水雲、綠藻、金魚……，就躍然紙上。像眼前這一尾通體金紅，魚鰭薄如蟬翼的紅丹鳳金魚，就是學畫「魚藻圖」時買的，那時他想要有條金魚寫生，找惠貞姐到夜市撈金魚，撈了半天撈不上半條，惠貞姐就買下送他。

阿弘拆下花田，換上黑白的「溪山漁隱圖」。襯上山水背景之後，仙風道骨的神仙魚變幻成斯文的書生，而抖落一身紅裙，甩著長水袖的紅丹鳳，就成了當家花旦了；那六條花頭花尾的孔雀魚，像是大花臉；而底棲的清道夫老鼠魚，兩道長鬚，忸怩作態的滑稽樣，無疑是逗趣的小丑了；至於黑紋雜立胸腹，一張血盆大口的火口魚，就當是邪魔歪道的鬼怪吧！這些主角們個個扮相好，姿態妙，可惜啞巴似的，唱不成曲兒；還好，幫浦打出的，高高低低的水流聲，可以權充一下文武場的西皮二黃，這齣戲看起來，才不至於太沉悶。

鬱金香是換掉了，然而水草邊被氣泡推著滾動的水風車，卻因此突兀礙眼。換什麼好呢？

阿弘突發靈感，取出置物箱中，底邊破了一個大洞的宜興紫砂壺。他拔掉風車下，打氣用的塑膠管，穿進壺洞，塞在壺嘴底的濾孔下，讓壺嘴口冒出圓滾銀白的小泡泡。

這只破茶壺是今年過年時，從太師父家拿回來的。

記得大年初一時，爸爸帶他去向太師父拜年。爸爸和大師伯先上樓祭拜祖師爺，太師父陪客人在客廳泡茶，阿弘守在一旁看電視，爐火烘得室內溫熱熱的。

「阿祿師，你這大徒弟阿利仔我認得，另外那個是誰？」客人問。

「你說阿添仔？咳！是我師兄阿盛師的兒子。柴山上第一家開土雞城的阿盛師，你忘了？」

「哦！是他兒子。可惜他去世得早，看現在土雞城一大堆，他是開山鼻祖哇！」

「哎！他如果沒先走，咳！我也收不到這徒弟，咳……」

「阿祿師，你好厲害，阿利仔是金牌總鋪師，聽說贏了一百零九面金牌囉！那這個阿添仔也不賴吧？」

「……咳！他也有九十幾面囉！」

「哦！真正是名師出高徒，強將手下無弱兵哪！」

「別看大的有一百多面，他比小的早出道八年。……這個阿利仔算盤打得可精了，平常時辦桌偷工減料，遇上拚桌，才連本帶利，把高級的材料砸進去，難怪會贏；倒是添仔忠厚實在，將本求利，不管有沒有拚桌，都是真材實料，咳……，口碑比較穩。呵！」

「哦！有這種事。」

太師父泡好一壺茶，也給阿弘倒了一小杯。

「嗯……，這茶好味，好茶。凍頂烏龍？」客人又問。

「嘿！不是，是文山清茶。怎麼，你上次不是喝過了？」

「歐！我這粗人粗舌頭，怎麼跟你們總鋪師比？」

「唉咦！不是吹牛，這話倒是一點也不假。」太師父嚥下一口茶，順了喉嚨。「你別以為味道只有酸、甜、苦、鹹，還有舌頭的觸感也很重要哩！這觸感還分辛辣、醇厚、合和、爽快四種。辛辣帶來刺激，醇厚給人過癮，合和使人陶醉，爽快可以開胃喔！呵！呵！」

「喲！這麼多學問，我還是第一次聽說，跟說書一樣。」客人張大了眼睛。

「還有呢！光是這醇厚又細分成濃郁、凝膩、甜蜜、香酥；爽快又有俏利、清醒和鮮美的不同。呀！不說，你都想不到吧！」太師父邊點頭邊說。

「難怪人家叫你『國寶級』的，真不是蓋的！」

「呵……呵……呵，咳！咳……咳……」太師父一得意，嗆到了。

老人家一使勁，手上的壺沒把好，「扣！」一聲，撞上茶海，壺底破了一個大洞。

「歐！碎碎平安，歲歲平安，大過年的。可惜了這把宜興壺……」太師父有些不捨。

阿弘覺得小茶壺挺可愛的，就問：「太師父，你肯不肯？把這『平安』給我，送給我。」

太師父愣了一下，才恍然大悟：「哦！你真貪心，要發財，還要平安，真會討吉利呀！」

這時大師伯下樓，一開口就沒好話：「阿弘，你這隻貪心鬼，才討完紅包，現在又要討什麼啦？」

大師伯老是笑嘻嘻的，卻是那種皮笑肉不笑的樣子，阿弘不喜歡他。像這條火口魚就是他送的，上個禮拜吧！他說他家魚缸太擠，就撈來送人，結果一來就咬著別人的尾巴不放，孔雀、老鼠、神仙和紅丹鳳都慘遭過毒口。

剛剛這麼想，貪婪的火口魚才吃過飼料，又追逐起紅丹鳳玩樂，那鳳尾正滲出絲絲血暈。阿弘一氣之下，便拿馬克杯撈出火口魚，想法子教訓牠。

他先扯下報廢電扇上的插頭和電線，電線伸進杯裡，通上電，不料火口魚神態自若，絲毫不受影響。

第一招失靈，無疑是火上加油，阿弘狠下心用熱水懲罰牠。他把杯子放到開飲機下，沖入熱水，沒三秒鐘，就把一隻活魚燙死了。

阿弘呆了，他不過要給牠一點顏色瞧瞧，竟失手殺了牠。

他回頭望著魚缸出神，突然看見自己的臉反射在玻璃上，牢牢的被框在那幅三尺長的黑白畫裡……。

5 冒牌貨夜探紅荷園

第二天早上在校車上，阿弘魂不守舍的望著地上發呆。昨夜，他怕挨罵，將魚屍丟進馬桶內沖走。

林友智擠過來，碰他一下，說：「喂！乞丐王子，哈！哈！」

若是以前，阿弘準會掄起拳頭，捶他兩下；可是，現在卻懶得搭理他。

「咦！怎麼了？生病了？昨天喝醉了嗎？」林友智摸了摸阿弘的額頭。

「少來！」阿弘推開他。

「心情不好嗎？好啦！不吵你。」林友智假裝體諒人，卻故作神祕的說：「不過……，你可不要怪我沒對你說喔！」

「又要說什麼？」阿弘瞪了他一眼。「又是什麼壞事？」

這個林友智不知道又賣什麼關子，昨天那一個害他難過了一夜，現在又來了。雖然不知是福是禍，嘴巴怪罪人家，可是骨子裡，阿弘的好奇心已經被挑起了。

「嘿！你想不想到紅荷園看看？」林友智湊到他耳邊輕聲說。

「什麼？」阿弘不敢相信自己的耳朵。

「昨晚，老師他們不是來嘛！楊老師就抓著我爸爸一直問哪！問你們家太師父的事啊！說紅荷園有多高級就有多高級，世界百大餐廳之一，不但裝潢漂亮，視野好，連菜也很華麗。」林友智說。「還一直問我爸爸，有沒有辦法透過太師父打折優待，說拿到一張紅荷園的會員卡，比什麼信用卡、金卡還氣派百倍。」

「然後呢？」阿弘假裝不耐煩。

「我爸笑笑說，太師父那邊他不曉得，倒是來我家吃土雞，一定八折優待。」

「那你說要去紅荷園，到底什麼意思？」阿弘有點沉不住氣了。

「你不想進去看看嗎？葛老師也說裡面有一幅名畫，你不是愛畫國畫嗎？我好想看看高雄市全景，一定很棒！」

「想是想……，可是，怎麼進去呀？你又不是會員。」

「廢話！當然是跟別人進去囉！」

「哦！你認識誰是會員嗎？」阿弘像是被人打了一劑強心針，突然來勁了。

「不認識。」林友智傻笑。

「歐！虧你說了半天。」阿弘洩了氣，還他一個白眼。

「不，不是。不一定要跟認識的人進去呀！像我小時候住在鹽埕那邊，常常想看電影，就跟在別人後面進去，反正兒童不用錢，剪票的以為我是別人的小孩，就讓我進去了。」林友智得意的說。「像

『滿漢全席』這部片子，我就看過四次呢！哈！」

「我看過九次咧！加上錄影帶的。」阿弘不甘示弱。說完，又回歸主題問：「都是這樣混進去的？『大舞台戲院』嗎？」

林友智亮大眼，點點頭。

「可是紅荷園不是戲院耶！那麼高級的地方，不是都有警衛看守嗎？」阿弘不放心。

「我昨天問葛老師，參加喜宴的客人，要不要出示什麼證件？他說不用耶！而且，你又不是沒看過請客的樣子，大人小孩一堆人鬧成一團，誰來管誰呀？」

阿弘沒回話，輕輕點了點頭。

校車一轉彎，正好從天帝大廈前面經過，兩人不約而同向車窗外看去，大門外的看板上貼著一張大紅紙，上頭幾個黑字看不清楚，一閃而逝。

「嘿！今天好像又有喜宴喔！」林友智推了推阿弘的肩膀。「喂！一句話，你到底去不去？」

「廢話！當然要囉！」

白天上課，阿弘都無心聽講，一會兒想起惠貞姐，就擔心難過，一會兒夢想探險，又興奮緊張。

放學後，大門深鎖，爸媽不知又到哪裡辦桌去了。阿弘拿鑰匙開鎖，直接奔向衣櫃，取出過年的新衣——一件米色長袖襯衫和蝴蝶結領帶，心想再配上學校的藍短褲、長筒襪和皮鞋，應該就很能見人了。

約好六點整在中山大學校門口會合，時間一到，兩人跨上腳踏車，沿著校車路線繞到天帝大廈。一抬頭，高聳的建築遮蔽了半邊天。

停好車，挨近紅紙，才清楚看出是「王府壽宴——紅荷園餐廳」幾個大字。兩人相視一笑，開始尋找適當的人選跟進。

一對中年夫婦也靠到看板前探望。

「看吧！沒錯吧！我就說嘛！王董這麼講氣派的人，怎麼可能選在五十樓的紅鶴餐廳請客呢？」男人說。

「哎喲！『紅荷』、『紅鶴』我哪裡分得清楚？還不都在這天帝大廈裡面。而且壽宴配上鶴，很自然的嘛！」女人戴著蕾絲白手套，掐著蛇皮小皮包說。

「好啦！好啦！你總是很有理由。」男人又說。「快走吧！」

林友智使了個眼色，阿弘便尾隨在後面。

進入大廳，繞過「雙龍搶珠」的水晶雕塑噴泉，來到左邊廂的電

梯口，電梯口已擠滿人。

看見有這麼多人掩護，阿弘才安心。

步入電梯，人們七嘴八舌聊天。

「咦！這數字燈怎麼跳這麼快呀？」

「土包子！這叫做高速電梯。」

「對了！王太夫人去年不是就做了九十九大壽嗎？怎麼請柬上還是寫九十九呢？」

「哎！這你不懂，那是怕閻王生氣，不敢過百壽。他們家鄉的風俗。」

「你看王董真福氣，家大業大不說，連個老奶奶也能長壽到人瑞，真是，什麼好處都讓他占盡了。」

「那是人家上輩子積的德啊！別嫉妒人家了，今天若不是託了他的福，我們可是一輩子也進不了這麼高尚的地方。」

阿弘和林友智沉默不語，興致勃勃的聽著，還點點頭。

電梯突然在七十二樓停下開門，一位高頭大馬的警衛出現在門口。阿弘心虛，脖子一縮，繃緊神經。

警衛先生向來客打量一番，便有禮貌的領著他們走過迴廊，到另一處換搭電梯。原來登上一百層樓，必須分兩個階段，真是虛驚一場。

林友智扮鬼臉笑阿弘，還戳了一下阿弘的屁股；阿弘不好回應，但心裡暗笑，他看到林友智額頭上也沁出了汗珠。

一百樓的數字燈終於亮了。「噹！」一聲，電梯開門。

眼前忽然金光大作，射出萬道霞光，千條瑞氣，耳邊傳來陣陣悠揚悅耳的國樂聲，這景象猶如一場精裝的古典宮廷大戲拉開序幕，兩人目瞪口呆。

「歡迎光臨！」

十二個清朝宮女裝扮的服務生，頭頂大拉翅，身穿彩繡盤扣旗袍，分列左右，異口同聲的蹲下來作禮。

步出電梯門，阿弘略微感到暈眩，心想大概沒有皇帝命，就承受不了這種大禮吧！腳下的地毯也不知有多厚，踩上去好像陷進雲堆裡，整個人輕飄飄的。

林友智衝到落地玻璃牆邊，手撫著玻璃嘆道：「哇！我終於看到了……。」

幾百公尺下的房子和汽車，已不只小得像芝麻，而是菇類的孢子，幾乎不見，更不用說來往的行人，退化為隱形的細菌，得靠顯微鏡才能現形。若干條重要大道，被路燈和車燈綴成一條條金閃閃的項鍊；千門萬戶的家燈庭火，是散落一地，來不及鑲嵌串連的碎鑽，七彩耀眼，直鋪到天際。

室外如此美麗，室內也一點不遜色。

正面的牆上掛著一幅三人高，由八仙騎獸組合起來的大「壽」字，圖案的空隙塞滿了花花色色的吉祥物。「壽」字下圍了一堆人，大家的焦點全集中在那位慈眉善目，白髮紅衣的老太夫人身上，她安安穩穩的坐在鋪有軟墊的雕花太師椅上面，一身的首飾不論是髮簪、耳環、項鍊、手鐲，全都是綠油油的大翡翠，大家輪流向她打躬拜壽。

大廳的一個邊上打著輝煌的燈光，有一座布袋戲的彩樓戲台，閃出金金紅紅的光芒。阿弘和林友智早已經忘記要讚嘆了，只感覺到心中像有百花怒放，歡喜得不得了。

右邊另有一群人，圈住一位西裝筆挺的男士，十幾顆頭追著他的手勢東張西望。兩人好奇，也擠過去湊熱鬧。

「我們的空間規劃，採取『井』字區隔，四邊牆面全由超強的透明玻璃組成，晨曦夕陽，一覽無遺。廚房則移到『井』字中央，騰出了觀景的空間，也方便為四面賓客服務。現在，請隨我繞一周。」

原來是餐廳的經理，正在為人介紹環境。「本園採會員制，年費八十萬而已，歡迎……」

「錢經理，這一條是什麼路？」有人打斷他，指著光亮如金鍊的馬路問。

「三多路。」經理答。

「那，那一條呢？」

「中山路。」不容許他再問下去，錢經理自顧自的說：「我們這兒的客人有幾種。企業界老闆會問：『我的工廠呢？在哪裡？』；房地產大戶會找，哪一片土地是他的；銀行家會一家一家，點他的分行；只有眼界狹小的一些太太小姐，一來就一直找她們家。」

問路的人一聽，羞得紅了臉。

阿弘本來想問柴山的位置，也緊急煞車，閉上嘴。

「請看天花板，義大利名家彩繪。這綠色不簡單，可以細分為祖母綠、翡翠綠、貓眼綠……」他又指著綠雲朵朵的天花板說。

「啊！吊燈在搖耶！地震！」有人尖叫著。

「哎！菠菜綠、檳榔綠、烏龜綠。」錢經理對這班少見多怪的人，顯得有些不耐煩，說話的口氣變得不同。「我們大廈有三百多公尺高，上頭風大，難免會搖一下，把風力散掉。」

難怪阿弘剛才頭暈，原來跟皇帝命無關；而太師父說的，搖來搖去，搖到高血壓，阿弘本來不懂，現在豁然開朗了。

牆上果然掛了許多「潑彩紅荷」的畫作，各有嬌美姿態。轉了一個彎，來到另一廳，一幅龐然大畫橫布了整面牆。

「這是本園鎮園之寶『紅荷夜宴圖』。」錢經理繼續說明：「本園重金禮聘當代膠彩畫名家，旅日的林彥良大師，精心繪製的『紅荷夜宴圖』。請各位欣賞，現在已有千萬的身價了。」

「哇！」阿弘眼睛一亮。

這幅畫大約十公尺長，三公尺寬。畫有紳士淑女百十多人，穿著華美的衣裳，姿態優雅的吃喝談笑；有一班美女彈奏著樂器，飄揚的樂聲，舞得人人臉上洋溢幸福的神采。

大師不愧為大師，那些賓客的衣裙縐褶，都描繪得自然生動；人物的相貌和肌膚，都塗抹得溫潤豐厚；除了氣氛熱鬧之外，還能感到一股韻律，在畫面四處流轉；尤其那些杯杯盤盤的亮光，和珠寶首飾的貴氣，與背景的市區燈海相輝映。阿弘看著，也染上了迷濛的醉意。

突然鑼鼓聲大作，錢經理高聲說：「壽宴快開始了，請就座吧！」

林友智拉著阿弘繞到戲台前，找一個空位多的桌子，轉身，若有其事的大喝：「爸！這有空位，我們兩個坐這兒就好了。」

旁邊的人聽了，好心的幫他們拉開座椅。

阿弘愣了一下才覺得好笑，這個林友智不但鬼點子多，裝模作樣也是第一名。

戲台邊有一個大螢幕，上面打出「三仙會」三個大字。

「九里福德到，祥雲下得高。三仙來慶賀，年年會蟠桃。」高亢的音調吟出這首詩，福、祿、壽三星布偶依序出場，各自帶來喜神、才子佳人和麻姑來獻壽，把王太夫人的壽宴比成了王母娘娘的蟠桃會，連結得天衣無縫。

第一道菜就引起阿弘興趣。一個光潔的骨瓷大圓盤上，用片好的火腿、香腸、烏魚子、粉肝、牛腱和腰果，由外而內，組成一個大壽桃圖形，還連枝帶葉的用香菇和紫菜卷裝飾。

阿弘取下桌上的菜單一看，正是「蟠桃祝壽」。其他菜名還有「龜鶴遐齡」、「翡翠瑤柱」、「琥珀玉扇」、「銀鑲瑪瑙」、「珠聯璧合」、「牡丹燕窩」、「如意金桂」、「太極尊貴豆腐」……。

「咦！怎麼不是珠寶就是鮮花呢？」阿弘不由得發出疑問。

「因為壽星是老太太呀！」同桌的一位老先生回答他。「如果是老先生就不同了，會有『松鶴延年』啦！『福壽東坡』啦！『蜜汁祿排』啦！菜名有深遠的含義，取得美，很重要，用對人，用對場合，也很要緊。」

阿弘不好意思的笑了笑，仔細的記下這些話。

「那『龜鶴遐齡』呢？不是女生用的吧！」林友智說。

「不管男女，壽星的主題菜『千年龜、萬年鶴』，是必定要的。」老先生又說。

第二道菜上桌，是用鮑魚片排出的龜和鶴，兩者之間還擺置了福、祿、壽三星的麵人，盤上沒有多餘的裝飾，卻更顯得寓意明朗。

「您老這麼在行，以前也在餐飲界嗎？」一位太太好奇的問。

「哪是？我今年八十八囉！吃過的酒席，恐怕比你吃過的糖多。呵！呵！呵！」老先生說著笑了。

「三仙會」之後，字幕上又打出「珍珠塔」的戲名。

隨著鑼鼓點敲落，一位俊秀的小生掀開布簾，輕輕搖著羽毛扇子，風度翩翩的步上戲台，吟詩道：「少小須勤讀，文章可立身。滿朝朱紫貴，盡是讀書人。」

阿弘皺皺眉，心想怎麼又是一個勸人讀書的呢？

耐心看下去，才知是落魄秀才和千金小姐私定終生的故事，小姐把珍珠綴成的寶塔送給公子，好讓他進京趕考。

菜餚一道道端上來，都製作得精美無比，比真正的寶物還要華麗。像「翡翠瑤柱」，是大干貝嵌在蘿蔔刻的花形柱下，浮在菠菜羹湯上，綠白相間，十分搶眼；「琥珀玉扇」則是在鑲蛋黃肉的蘿蔔玉扇下，還用細紅蘿蔔絲做成中國結和流蘇，渾然天成，簡直就是一件藝術品。

每一道菜都好像是一幅工筆畫。阿弘真是大開眼界，爸爸煮的菜雖然贏得大家推崇，可是，和這兒比起來，做工顯得太粗糙了。

公子離去之後，小姐得了相思病。一時鑼鼓乍停，幕後響起一陣嗚咽的簫聲，和「登！登！登！登！」的琵琶聲。

「懶——繡——停——針——」一股嘹亮厚重的女聲緩緩唱出。

「啊呀！王董竟然還請來南管名家呢！」老先生驚叫。「本來一齣正統的北管戲，破例添了南管進去，都只為了討王太夫人歡心。聽說她老人家年少時唱得挺好，現在要找會唱南管的，世上恐怕沒幾個人囉！」

阿弘偷瞄主桌上的王太夫人，正閉目陶醉在其中。

阿弘不懂什麼「北管」、「南管」，只聽出那歌聲出自濃濃的鼻喉共鳴，一字一字慢慢的吐出來，好像從遠古的洪荒時代傳來，比起電子琴花車有氣質千萬倍。

小姐在繡樓刺繡，心情不好，便停下針來翻閱花樣簿子，看到牡丹、芍藥、海棠、桃花爭奇鬥豔，才稍微紓解了愁苦，但她又忽然領悟到，霜雪一來，百花終會凋零，因此又唱道：「人生若不趁少年，莫待到老來，恰親像冬殘景盡，那是空自嗟嘆……。」

阿弘聽到這兒，感觸良多。他好想學藝當廚師，卻不能達成，那麼，等有一天老了，自由了，可以學卻學不動，他一定會很悽慘的「空自嗟嘆」！

阿弘好想學這些巧手，做出這些美麗的菜餚。

禁不住好奇心的驅使，他假借上廁所，拋下林友智，趁沒人注意，輕手輕腳的溜進中央廚房，靠在門後偷看。

裡面竟然十分明亮和寬敞，走道和工作檯，都整理得一塵不染，連油煙味也嗅不到半絲。十多位廚師穿著潔白的衣帽，從容專注的做著自己的工作，彼此間很少對話，空氣中迴響的，仍是那悅耳的國樂聲。

阿弘搖搖頭，不敢相信自己的眼睛，嘴巴連連發出「嘖！嘖！」的驚嘆。

如果說這「王府壽宴」是王母娘娘的蟠桃盛會，這天帝大廈是天堂的神仙殿，那麼，這班廚師就是千山萬水間，瀟灑悠游的閒雲野鶴了。

阿弘想起爸爸辦桌的情景：吵死人的電子琴花車，克難式的搭棚子、架桌子，逃難似的端盤子進進出出；身上蒙著油腥、酒酸和汗臭，腳下踩著積水、紙屑和骨頭。相較之下，「辦桌總鋪師」不過是在爛泥巴堆裡翻滾，苟延求生的土虱魚罷了。

「喂！幹什麼？」一聲大喝，阿弘的臂膀被人抓住。

阿弘嚇得心臟都快跳出來，剛剛才生起的自卑感也在剎那間消失了。

一回頭，一個肥頭大腦，廚師模樣的人，燃著一對火眼珠瞪他。

「我……」阿弘慌得答不出話。

「你是誰？躲這兒幹什麼？」

「……我……我爸是王董，我看……看菜好吃，想看看……」阿弘顧不了許多，胡亂說。

「哦！是王董的兒子啊！想不到他都六十歲了，竟還有這麼小的兒子，待會兒我找錢經理去笑笑他，哈！」胖廚師臉色一抹，笑容可掬的說：「歐！王少爺，你別站這兒，不小心熱油熱湯噴髒了你，等忙完，再特地為你介紹，好嗎？」

那隻粗手一鬆，阿弘邊點頭邊朝外奔去。

「不好了！快走！」阿弘在林友智耳邊急促的細語。

林友智先是一驚，但是為了避免同桌人起疑心，馬上又機靈的說：「真的嗎？帶我去看。」

兩人假裝到廁所察看什麼祕密的新鮮事，朝電梯走去。

「到底怎麼了？」林友智問。

阿弘把剛才的事說了一遍。

「哎呀！你這笨蛋，害我吃不到『太極尊貴豆腐』。」

「不好！有警衛。」阿弘忽然想起。「走樓梯！」

「可是，一百層耶！爬下去嗎？」

「沒關係吧！又不是爬上來。」

於是兩人找到出口的樓梯，狂奔而下。

「砰！砰！砰！」的腳步聲在三百公尺高的空間中迴響，很快的，還加入了「呼！呼！呼！」的喘氣聲。

人算不如天算，七十二樓的警衛先生早已聽見動靜，靠到樓梯邊守株待兔。兩個汗流浹背的小男生一出現，正好被逮個正著。

「跑！跑哪去？」高頭大馬的警衛，露出一臉凶相。

林友智已經沒有力氣施展演技了，看到警衛身上的無線電對講機，以為是樓上的人通知他來抓人，一時心虛，轉而哀求說：「呼……，對不起，我們……呼……不是……故意……」

這話不說還好，一出口，簡直就是不打自招，誘導警衛加緊逼問。

這一對冒牌貨，最後被送進警察局。

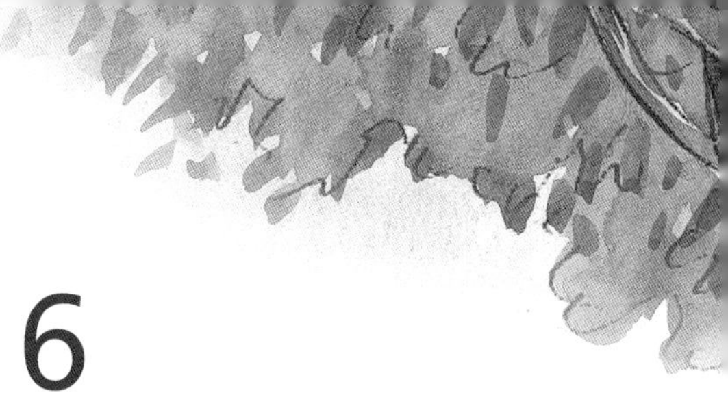

6 美麗的西子夕照

值班警員查問過後，認為只是少年惡作劇，並非什麼犯罪的案件，也不做筆錄，只告誡了幾句，便打電話通知家長來領回。

林友智先被接走，阿弘家卻一直等到十點半才有人接聽。

阿弘的爸爸踏入警察局時，臉色顯得非常難看。

「你到底搞什麼鬼？」爸爸大喝一聲。「太丟人現眼了。」

阿弘不敢面對爸爸，低頭不語，料想這一頓修理鐵定是逃不過了。

「不在家讀書，跑到紅荷園去幹什麼？」

「我……我……只是好奇……」阿弘的聲音小得像隻蚊子。

「魏先生，你兒子偷吃人家的壽宴。」值班的警員本來呵欠連連，被爸爸一吵，也湊過來數落罪狀。

「啊！你這麼愛吃嗎？這不是存心丟我的臉嗎？自己家在辦桌的，竟然跑去偷吃別人的壽宴，被抓來警察局，真是氣死我了……」

阿弘想辯解，他完全沒有這個意思，他只是想一睹「夜宴圖」的風采，看看餐廳的料理有多高級，哪裡是想丟爸爸的臉呢！可是，這兩個原因也不能講，講了只是多討一頓罵而已。

「魏先生，你兒子還冒充王董的兒子，王董事長，騰達企業，台灣食品業龍頭的……」警員又補上一條。

「好哇！你好大的膽子，什麼時候學壞了？冒充別人的兒子！當我魏錦添的兒子很丟臉嗎？你老爸做工讓你瞧不起，羨慕別人家有錢嗎？你不想當我的兒子，去！去！去當別人的小孩，今天就不要回家好了。」爸爸似乎氣得失去了理智，說出狠話。

阿弘感到自己被嚴重扭曲，心中一股火氣騰起，禁不住開口說：「對！當你的兒子是不好。我愛畫畫，你不讓我學；我想當廚師，你卻逼我唸書。」

「逼你唸書？我和你媽什麼時候逼你唸書？不讓你學畫，要你用功讀書，將來考大學找個好工作，那是為了你好，不知好歹。」爸爸又說：「人家說青春期的孩子愛叛逆，你才國一，就開始了嗎？你以前那麼乖，現在開始會頂嘴了……」

爸爸發著牢騷，忽然想起一件事，問：「你剛才說什麼？你想當廚師？」

「對！我想當廚師，我要去考餐飲學校，到大飯店當廚師，我要學他們做出精緻的菜來，不像你做的那麼粗糙。」阿弘說。「大飯店有美麗的裝潢，有音樂，有冷氣，受人尊敬，很威風；不像你在馬路邊煮菜，又是汽車廢氣，又是電子琴花車，又是大水溝，又髒、又吵、又臭，像個乞丐一樣。」

阿弘一口氣把怨氣全逼出來，卻忍不住說出難聽的話。但是，話既然出口了，就像潑出去的水，收不回來；雖然也覺得自己太過分了，但後悔已來不及。

「啊！你……你……造反了，你不想活了……」爸爸氣得脹紅了臉，握起拳頭，就要往阿弘頭上捶去。

「等一下！」值班警員急忙一吼。「魏先生，打人是犯法的，何況在我這兒。你要管教孩子，回家去，我們管不著。」

「呀！對不起！對不起！」爸爸原本氣紅的一張臉，又被羞上來的一股新血抹成了豬肝色。又羞又惱，使他回頭對阿弘咆哮：「給我滾回去！回去再修理你，真是氣死我了……」

阿弘說了氣話，拉不下臉，拔腿往外跑，只丟下一句：「不要！」

「回來！」爸爸隨後追上去。「回來！給我回來！」

夜色太暗，爸爸又急又氣，沒留神腳下，一個不小心，在門口台階上踩了一個空，翻了一個大觔斗，跌在一公尺下的柏油路上。

「哎喲！哎……我的手……哎！」爸爸一倒不起，癱在地上呻吟。

阿弘聽見，趕緊回頭，警員也出來察看。

「哎呀！右手臂摔斷了，得快送醫院急診。」警員說。

好心的警員騎上摩托車，載上哼哼唧唧的爸爸，臨走前，對一旁不知該如何的阿弘說：「魏子弘，現在罪加一等喔！」

第二天上課，阿弘都愁眉苦臉，葛老師擔心，下課時來問話，阿弘本不想說，禁不住葛老師又催又哄，只好一五一十的供出原因。說著說著，呼吸愈來愈急，淚水在眼眶中打轉。

「我相信人都能溝通的。你爸爸，現在人呢？」葛老師問。

「在醫院。上好了石膏，但是也撞到頭，醫生怕腦震盪，說要觀察兩天。」

「那麼，等他傷好了，你再和他說說看吧！」

話是這麼說，可是阿弘知道自己力量微弱，再怎麼和爸爸說，也只是白費力氣。

放學後，下了校車，他像條游魂似的，迷迷茫茫的往前走去，一點也沒聽到後面有人叫了他好幾聲。

「喂！魏子弘！惠貞姐在叫你咧！」林友智在他背上捶了一下，他才回魂。

「阿弘！為什麼不理我？」惠貞姐突然出現在身後，咬著唇埋怨他。

「啊！」阿弘先是一驚，接著一波波的委屈湧上心頭，終於忍不住溢出淚來。「惠貞姐……嗚……」

「怎麼啦？怎麼啦？」換惠貞嚇了一跳，上前摟住阿弘的肩。

阿弘低泣不語，惠貞姐問了一會兒，不忍心再逼他，只好先說明來意：「前兩天謝謝你救我一命，不然我就慘了。嘻！嘻！」

惠貞姐刻意笑了兩聲，希望活絡這沉悶的氣氛。

「……嗯……，你是說……，喔！沒什麼啦！」阿弘果然止住淚，說：「那個色狼真可惡，你走了以後，我好擔心。」

「今天是專程來謝謝你的。走！請你吃晚餐，你先打電話回家，說不回去吃飯了。」

「不用了，家裡沒人。」

「歐！我忘了，又去辦桌了，哦？」

「不是。」阿弘低下頭，說：「爸爸住院，媽媽去照顧他。」

「啊！怎麼了？前兩天不是還好好的嗎？」

話說到這裡，阿弘不得不重提一次傷心事。

「唉！難怪你失魂落魄的，從沒見你這樣過。」

「唉！」阿弘也嘆氣。

「我還以為你和其他人一樣，瞧不起我，剛才故意不理我。」

「怎麼會呢？」阿弘把身體往惠貞姐靠，惠貞姐不知道，她搬走之後，阿弘是多麼想念她。

兩人邊聊邊走，不知不覺來到西子灣邊，迎面撲來一陣油膩膩的酸臭味。

「呀！臭豆腐耶！來，來，來，我們去吃一盤。」惠貞姐拉他。

「笑一笑嘛！你的臉哪，臭得可以拿去當豆腐炸囉！」

阿弘不好意思的笑了。

買臭豆腐時，阿弘才仔細的看著惠貞姐。這個好久不見的人，仍然和以前一樣，一張清秀的臉龐上沒有沾染一點胭脂花粉，一襲淡藍的洋裝，長到遮住小腿，怎麼看，都無法和花車上的歌舞女郎重疊在一起。

西子灣邊聚集了很多人，大概都是下了班來看夕陽的。他們兩人包了兩袋臭豆腐，避開人群，靠在刻有「西子夕照」的一顆大石頭旁吃起來。

「阿弘，別難過了。世上的事啊！常常沒有絕對的，像這臭豆腐，本來是腐爛了，酸臭得要死的東西，但是熱油炸過後，你看，吃起來是這麼的香；你說，它到底是香還是臭呢？」

阿弘答不出來，望著紅橙橙，一顆鹹蛋黃似的落日發呆。

這高雄港的進出口，對著正西方，是觀賞落日的最佳地點。夕陽伴著雲朵，已由白而銀，銀而金，金而橙，再漸由橙而紅，愈降愈沉；數十隻鴿子集體在天際盤旋，尋覓著返巢的航線，閃動的翅膀反射出點點金色光輝，和視野下方被染成的銀沙金水，構成一幅美麗的圖畫。

阿弘鼓起勇氣問：「你們後來搬到哪兒去了？怎麼都沒有消息？怎麼會去跳舞？怎麼……」

心中一大串的問號，多得不好意思問完。

「哎！阿弘，你聽我說。我是唱歌跳舞，不是脫衣舞孃，頂多露一下大腿、肚臍，就當作是在海灘上穿泳衣。歌舞秀賺錢快些，我雖然急著賺錢幫我爸爸還債，卻也懂得要尊嚴，許多人不了解，看輕我，我也不管人家怎麼去說了。……總算我爸戒賭了，現在在台南的夜市賣當歸土虱，我要幫他……」惠貞姐的眼中閃出夕陽餘輝。「……你們一定以為我怎麼那麼大膽，敢回柴山跳舞，厚臉皮，對不對？」

「沒有啦！」阿弘想起媽媽有提過，不好意思說有。

「唉咿！十幾戶人家一起請的電子琴花車，當然多了好幾倍的

西子夕照

酬勞。」惠貞姐又說：「我計劃在三年之內把債還清，然後和剛毅結婚。歐！剛毅，你沒見過他，我的男朋友，他一直支持我，要不然……，哎！……，別說這些教人難過的事了，來，我再去買串烤小卷給你，光吃臭豆腐是不會飽的。」

她一說完，便調頭往另一攤走去，阿弘偷看到惠貞姐伸手輕抹臉頰。看著她的背影，阿弘覺得惠貞姐真偉大，不但孝順，在忍受那麼多的委屈之下，還能堅定的朝目標邁進，和她比較，自己變得好渺小。

「吃啊！還有米血糕和雞心。」惠貞姐帶回來一大包燒烤的食物。「阿弘啊！你想當大廚是一件好事，惠貞姐百分之百支持你，等哪一天我們要結婚了，請你來幫我們辦喜酒，也說不定喔！對了，我等一下留電話給你。」

「不可能的！我爸說下學期開始，我就必須住校，不能在家看

『料理鐵人』，也不再讓我進廚房煮東西，免得我胡思亂想，想當廚師。就連以後辦桌，也不讓我端菜。」

阿弘咬了一口雞心，感到好苦，趕快吐出來，原來是老闆烤得太焦了。

「你先別灰心，如果你能堅持自己的理想，或許還有機會的，懂嗎？」惠貞姐摸摸他的頭，讓阿弘感覺好像沐浴在春風中。

夕陽終於被大海吞噬了，人群因此一哄而散。

「呀！這些人，就只為了看那一顆夕陽嗎？哎！」惠貞姐無奈的笑笑，忽然又說：「對了！待會兒我要打電話叫剛毅來載我，去趕一場秀，你呢？」

「回家睡覺。」

「哪有那麼早睡的？到醫院去看看爸爸吧！」

阿弘低頭，沒有答話。

天色暗了下來，對岸旗津島上的燈塔開始向四方掃出領航的光芒，怪的是外海上，明明亮亮的點出許多條大輪船，也不出航，也不進港，乾杵在原地。

「那些船怎麼搞的？」阿弘好奇。「進港休息不是比較安全嗎？」

「你不知道嗎？進港停泊過夜是要費用的，而且聽說很貴。他們大概還沒有要出海，為了省錢，不得不出港，到外海下錨休息。」

「嗚——嗚——」陣陣船笛聲傳來。

才說到出港，就有一艘空的大貨櫃船，從高雄港駛出，正緩緩經過姊弟倆面前，朝外海的行列行進。

「唉！——」望著那些不進港的船，回頭想想自己，阿弘再度陷入迷茫之中。

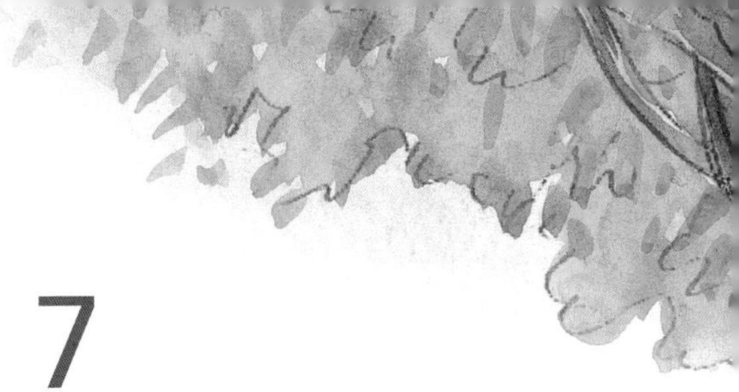

7

市長請客要拚桌

最後還是聽了惠貞姐的勸，剛毅哥來載走她之後，阿弘就騎上車，到醫院看望爸爸。

病房內不見媽媽的蹤影，倒是太師父坐在病床邊。

「嘿！阿弘啊！」太師父和他打招呼。

「太師父，好。」

爸爸兩眼直盯著阿弘看，阿弘卻盯著腳尖，不敢抬頭面對他。

「阿弘啊！你跑哪兒去啦？媽媽打電話回去，都沒人接，呵！她剛剛才走，回去找你，擔心你呀！」太師父拉著他的手臂，溫和的注視他。

「該不是又跑去哪裡探險了吧！」爸爸終於開口，但口氣酸辣辣的。

阿弘沒回話，乾搖頭。

「好啦！好啦！呵！呵！人來了就好了。打個電話回去報平安，哦？」太師父慈祥體貼的為他說情。

「你媽剛走，半小時後再打。聽到沒有？」爸爸接著指示。

阿弘點點頭。

「嗨！嗨！」門外忽然聲聲誇張的高音叫喚。是大師伯，正提著一籃蘋果，笑瞇瞇的打招呼。那笑容甜蜜蜜的，阿弘看多了，覺得有些膩。

「啊！大師兄，你怎麼也來了？」爸爸坐起身來。

「呵！我通知的。」太師父又轉頭，指著蘋果對大師伯說：「啊呀！明明對你說骨折，你怎麼送水果，沒拿奶粉來。」

「師父，別這樣。人來，我就很感謝了，不必送什麼東西。」爸爸說。

爸爸難為情，大師伯反倒輕鬆，他說：「師父哇！我猜會有別人送奶粉的嘛！哪！你不也帶來一罐嗎？那麼多哪喝得完。」

床邊的小桌上，正擺了一罐貼有紅紙片的高鈣奶粉。

大師伯又笑著說：「我說，師弟呀！你也太差勁了吧！我們當總鋪師的，手受傷是常有的事，不是熱油滾水燙到，就是菜刀割破皮，誰像你跌倒折斷手臂，哎！真是丟我們總鋪師的臉啊！走路會跌斷手，哈！我看你年紀輕輕就老年痴呆囉！哈！哈！」

爸爸臉上紅一陣，紫一陣，不知是羞？是氣？

「才不是咧！不是走路……」阿弘想為爸爸辯解，話吐一半卻哽在喉頭出不來。

「那是怎樣？」大師伯問：「怎樣啊？」

阿弘、爸爸和太師父都沉默不語。

「師父，你說不是車禍。阿弘，難不成是你把爸爸推倒，嘻！嘻！」大師伯又說。

「沒有！」阿弘急忙回了一句。

「胡說八道！說到哪裡去了？」太師父生氣了。「叫你來探病，儘說些沒有營養的話，師兄弟總該有感情吧！」

「哎呀！師父哇！我們就是感情好，才開得起玩笑嘛！對不對？師弟。」大師伯伸手握住爸爸手臂上的石膏板，又說：「師弟呀！我看這石膏起碼得固定個幾個月，市長要拚桌的事，你就棄權吧！免得到時候石膏還沒拿掉，辦不出菜來，那就難看了。」

阿弘一聽，伸長了耳朵留神著，因為他們說的是另一場拚桌比賽，事關爸爸的第一百面金牌。

「怎麼會呢？市長的兒子娶媳婦是兩個月以後的事，到時候手早就好了。」爸爸回應他。

「手剛好，也不靈活嘛！不靈活就不會贏囉！明知道不會贏，乾脆放棄算了，輸了多丟臉；再說，讓我贏一個手受傷的人，也不光采呀！」

原來，市長的兒子要結婚了，請了爸爸和大師伯拚桌比賽。

「大師兄，誰輸誰贏還不一定呢！不過，這一場比賽，我是非參加不可。」爸爸的表情又嚴肅又堅定。

「師弟，我可是為你好喔！我們師兄弟自相殘殺，本來就不對。雖然市長先找上你，可是後來你也知道我要參加，就應該退出哇！敬老尊賢，長幼有序嘛！看現在，弄得大家面子難看。」

「阿利仔，你這是顛倒黑白，亂說話。」太師父瞪著大師伯，說：「在我面前，你也敢亂來，還說什麼敬老尊賢！誰有實力就去拚桌，沒什麼長幼有序這種話。我看，你是怕輸給自己的師弟，丟臉吧！呵！哈！」

大師伯被訓了一頓，心有不甘，說：「啊咿！我怎麼可能輸呢？誰不知道我阿利師辦的料最好。」

他又上前，對爸爸說：「師弟！別怪我沒勸你哦！」

話一說完，留下水果，便轉身大搖大擺的走了。

「哎！這個阿利仔真不要臉，愈來愈不像話……」太師父皺眉搖頭。

爸爸低頭不語，一會兒才想起，說：「阿弘，打電話，別忘了！」

「歐！」阿弘答應之後，便往外走。

「阿弘啊！我跟你去。」太師父也跟來了。

阿弘找到公共電話，向媽媽報平安後，被太師父拉到醫院的交誼廳坐。

「哎！你剛才看到了。你大師伯要逼你爸爸退出市長的拚桌比賽咧！呣……」太師父抿著皺巴巴的嘴脣，若有所思的樣子。

「我知道。可是，為什麼？」阿弘不懂。

「哎！你不知道，若是得到市長的金牌，名氣就更響亮了，到時候就會有做不完的生意了。那！你想，身價提高，開價也就能提高，阿利仔當然拚了命也要去爭啊！」太師父說：「你以為是市長找他的嗎？是他聽說市長找你爸爸的消息之後，自己找人去和市長講的。他以為我不知道呢！敢在我面前顛倒黑白，台灣的料理界，什麼大事瞞得了我？呵，這小子。」

「哦！那剛才他還那麼大聲，假裝是為我爸好。真可惡！」阿弘說著不禁咬了嘴脣。

「事實上，市長找了五個人來拚桌，看來看去，他最大的對手就是你爸囉！如果你爸能退出，他就有把握穩拿冠軍了。」太師父停了一會兒，又說：「……看來，他這次必定會不惜成本，拿出最高級的材料來辦，你爸要贏他，哎……，也不是一件容易的事喔！」

以前，阿弘看爸爸贏得金牌，似乎都是輕而易舉，想不到這第一百面金牌卻很難得到，好像充滿了許多變數，教人憂心。

「而且，你爸爸，到時候手剛復原，嗯……，確實會比較不靈活，還得找人幫忙。咦！阿弘啊！兩個月後你已經放暑假了吧！可以幫忙……」

「唔……」阿弘搖頭。「爸爸不讓我……」

「嘿！我知道。你的事我都聽你爸說了，你想當廚師，不是壞事，但是拿話刺激他，說他辦桌像乞丐，不應該喔！」太師父搭上他的肩膀。

「……我不是故意的……」阿弘心虛，垂下頭。

「你羨慕大餐廳的師傅，看不起辦桌的總鋪師，那真是外行。」

「哦？為什麼？」阿弘抬頭看著太師父。

「你不懂，大餐廳裡每個廚師只負責自己部分的工作，不像辦桌的總鋪師，十八般武藝樣樣要精通，能當總鋪師的，才是厲害咧！」

「那，你為什麼後來不辦桌，要到餐廳上班呢？」

「哎！那是因為老囉！沒力氣辦桌囉！看餐廳待遇還不錯，就去囉！辦桌很累人的，你也知道。」

「可是紅荷園的菜好漂亮，爸爸的比不上。」

「歐！說你外行吧！餐廳講究的是服務和排場，辦桌重視的是真材實料和口味。呵！換句話說，餐廳的菜只是好看，用的材料沒有你爸的高級。」太師父繼續說：「你想，同樣是一桌五千元的菜，餐廳有裝潢，要服務人員，要場地費，要表演節目，扣一扣，剩下能做菜的錢就沒多少了。所以，餐廳若不是很貴，就必須把菜弄漂亮，咦！你在紅荷園，是不是吃到很多蘿蔔啊？」

阿弘回想，「翡翠瑤柱」和「琥珀玉扇」確實用到很多白蘿蔔。

「白蘿蔔一棵都比汽水便宜呢！大餐廳是有它的好處，氣派、有面子，可是想吃到真正好的料理，還是得辦桌才划算咧！」

原來有這一層道理在裡面，阿弘想起對爸爸的無禮，又害他摔倒骨折，一股深重的罪惡感油然而生。

「如果你畢業後去考餐飲學校，又學會你爸的功夫，呵！那出路更廣，不只是大廚，還能當餐廳的總經理，甚至自己當大老闆。」

「可是我爸不肯，要我讀高中，考大學。」

「添仔這死腦筋，光會要你讀大學，外國就有很多餐飲大學呀！你英文說得好，以後到外國留學，不好嗎？」太師父又說：「紅荷園的錢經理，就是留學澳洲回來的，會說六國語言呢！」

「我去跟你爸爸說去。」太師父接著又說。「他這回要贏阿利仔，光是他和你媽，很難喔！多個幫手，勝算大些。對了！你不是愛畫畫嗎？可以幫著設計一些新的盤飾花樣啊！這在拚桌時也是很重要的一項哩！」

阿弘作夢也想不到，太師父竟然站在他這邊。

阿弘又忽然留意到，才兩天不見，太師父竟已不咳嗽了，他說：「太師父，你的咳嗽好了耶！」

「呵！呵！呵！你爸買給我的燕窩是最高級的『白燕』，那在古時候是進貢給皇帝的貢品，又叫做『官燕』、『貢燕』，養陰潤燥，益氣補中，對肺和氣管最好，對咳嗽痰喘很有效，我才燉來吃了兩天，嘿！真的一點都不咳了。真虧你爸爸的孝心，這『白燕』很貴、很貴的。」太師父捋著白鬍鬚，笑著說。

太師父領著阿弘回到病房，便開始替阿弘說情。他口沫橫飛的說了半天，最後又補上幾句：「你怎麼管教孩子，我管不著；不過，如果他是塊廚師的料，那麼你不讓他發揮，哼！那便是對不起祖師爺。阿利仔的招數你也知道，除非你也賠本辦桌，否則以你這剛復原的右手，準是贏不了的，多了阿弘幫你，勝算大些。你自己衡量，我話只說到這兒了。」

爸爸聽完太師父一番遊說，深鎖著眉頭，好久好久，才開口說：「師父，再讓我考慮、考慮吧！」

爸爸出院後的第三天晚上，喚阿弘進房間。

爸爸沉默了一會兒才說：「這第一百面金牌，對爸爸來說十分重要。我考慮了很久，確實需要你來當我的右手，因為傷若是剛好，怕沒辦法操刀，刻精細的東西；這次拚桌完之後，如果你真是總鋪師的料，我自然會教你做菜，等你國三時，再看看你是不是還有興趣。你也知道辦桌辛苦，也許你是三分鐘熱度而已。」

說完，用左手取下書桌上三本盤飾雕刻的書，又從抽屜裡拿出一組雕刻刀，說：「拿去練習，刻好的作品給我檢查。記得，功課得先寫完才行。」

阿弘聽了，瞬間從地獄升上天堂，歡喜得想尖叫。

從那一夜起，他也不皺眉了，也不嘆氣了，整個人脫胎換骨似的，神采奕奕，一有空，就抱著這些傢伙研究。

他從媽媽那兒得到蔬菜水果，按照書本裡的圖片指示，依樣畫葫蘆，不出一個禮拜，已經能切出簡單的一些花葉造形。

媽媽看了十分驚喜，對爸爸說：「嘿！難道真是遺傳？有這巧手的命。」

阿弘心裡仍忘不了紅荷園裡，那一盤盤造形精巧典雅的菜，便動起腦筋，將蔬果雕刻重新組合，甚至無中生有的，畫出一些設計圖來，找爸爸討論。

從小到大，爸爸從來沒有像現在，每天都在家。平常一個禮拜說不到十句話的人，現在為了共同的目標，交換著相同的話題，阿弘漸漸的，感覺到爸爸並非那麼嚴肅，偶爾他用左手，笨拙的示範刀法時，臉上無奈的表情，還逗得阿弘「噗！噗！」的忍住笑呢！

阿弘又記起紅荷園裡同桌的老先生說的：「菜名有深遠的含義，取得美很重要，用對人，用對場合，也很要緊。」因此，他向爸爸要了一份菜單，問明了材料和作法，花盡心思，為它們取個又真、又善、又美的名字。

他翻出字典、成語辭典以及爸爸書架上的各色食譜，參考主要材料的諧音字，嘗試著和婚宴搭上線。像一道「干貝鮑魚」被他改成「新入庖廚」；「荸薺鱸魚」更名為「吉慶有餘」；「酸辣炒鱔」變成「積善之家」。

搭不上線的，就在造形或含義上下工夫。例如：「明蝦沙拉」本來把蝦肉圍成一圈，阿弘建議爸爸，將它們排成管狀，一個挨一個重疊，配上同樣是橙紅的，紅蘿蔔刻的龍頭和龍尾，就能套上「猛龍過江」的好名稱。燻鵝和鹽水鵝，一黑一白，比成兩色天鵝共游盤中，便衍生出「永浴愛河」的祝賀辭；還有，好吃卻不起眼的「魚翅土雞」，拿土雞比鳳凰，魚翅喻飛翔，就誕生「鳳凰于飛」的妙辭。

爸爸看了，連連叫好，他說：「阿弘，你的腦筋比老爸好，我煮這些菜煮了快二十年，沒想過給它們改名換姓。的確，一盤『明蝦沙拉』，誰不知道那是明蝦呢？直接說出來只是多此一舉，換成『猛龍過江』，就使人想像，變成有生命了。」

放暑假時，阿弘的蔬果雕刻功夫，已能上檯面見人了。離市長拚桌還有兩個禮拜，而爸爸的石膏也在十天前鋸開除去，拿起刻刀的右手，果然仍抖動得厲害。爸爸說：「你太師父真是未卜先知，這下就看你了，阿弘。這十幾天，你就照著菜單上需要的盤飾，反覆加緊練習，不但要刻得漂亮，還要講求速度才行。」

期待已久的日子終於來臨。

一大清早，全家就動員出發。小貨車走沒多久，並不左轉進入市區；反而向右，開往高雄港碼頭，在一艘空的大貨櫃船旁停下來。

「咦！到這兒做什麼？」阿弘問。

「辦桌啊！今天市長請客三百桌，全在這艘大船上面。」媽媽回答。

「阿弘！你可要好好的拚哪！」爸爸仰起頭，往船頭望去。

阿弘真是作夢也想不到，第一次親自參與掌廚的辦桌盛會，竟是在一艘長達兩百公尺的大船上。

登上船，一陣清新的空氣灌入腦門，近處有兩、三隻海鷗在港內盤旋，四周盡是宏偉的高樓大廈，五里遠外的柴山蒙上晨曦的金衣，這朝氣勃發的氣象，教阿弘熱血澎湃，彷彿自己正佇立在蓄勢待發的巨艇上，將要乘風破浪，征服六大洲。

會場的正面有一個三人高的霓虹燈「囍」字，兩邊掛著一幅紅底金字的對聯，右邊寫「金玉同心百歲夫婦良匹耦」，左邊的則是「綵繩繫足千秋鸞鳳永和鳴」。三百張大圓桌都集中在船的中央和尾部，分成五區，各由一位參賽的總鋪師負責六十桌酒席；船頭卻空出一大塊甲板，上面用白漆畫了一個很大的圓圈，阿弘猜想是市長愛跳舞，要與賓客狂歡飆舞用的。

「別發呆了，快動手吧！」媽媽提醒他。

阿弘這回不洗菜了，讓十個女工忙去，他專門負責蔬果雕刻的工作。他依照兩個月來所累積的經驗，從第一道菜開始，刻起需要用到的竹葉和玫瑰；由於每樣東西都要重複製作六十一份，對新手來說是一項極大的挑戰，因此，他除了格外專心，屏氣凝神，一刀一刀的刻劃之外，也不忘注意時間；多出的那一份，是給評審打分數用的。

中午時，紅蘿蔔雕成的龍頭、龍尾、中國結和流蘇已完成。看看進度，阿弘有信心達成任務，便停下來鬆一口氣，順便把印好的，十

二道菜的菜單一一擺在紅圓桌上。

不遠處的其他總鋪師們，也忙得像一窩蜂似的團團轉。阿弘看見大師伯正指揮著一群女工做東做西，旁邊堆著許多紙箱都印著大大的英文字，好像都是極高級的進口貨。阿弘趕緊打起精神，繼續幹活。

下午五點多時，喜宴的主人——市長和夫人來到會場，笑容可掬的一一向每位參賽者道辛苦。一旁的爵士樂團開始奏出柔美的旋律，盛裝赴宴的達官貴人也陸續上船，人人都誇讚市長點子妙，在大船上辦酒席，既新奇又浪漫。

六點半左右，新郎和新娘搭乘七色玫瑰綴滿的「愛之船」快艇，緩緩的由愛河的出海口飄過來，當一對新人步上甲板的紅毯時，如雷的鞭炮聲轟轟響起。

開桌了！

拚桌比賽正式登場！

阿弘辛苦了一天，原來疲累鬆弛的神經，這會兒又緊繃起來。

「既然蔬果雕刻都做好了，那，我們擺盤就行。」爸爸對他說。「阿弘，評審桌在船艙內，你負責端菜到艙門口，會有人接進去的。我剛才抽到紅夾子哩！」

阿弘聽令行事，端著「成家立業」的大拼盤送去，果然一位服務生在盤邊夾上紅色夾子，接進船艙內。大師伯的菜夾的是黑夾子，其他人的分別是黃、白、綠三色。

原來是評審們為求公正，用顏色取代人名。

回程上，阿弘留意客人的反應，聽見有人說：「哇！這拼盤好特別，香腸、雞絲、火腿、豬肚、烏魚子……，不排成傳統的『龍鳳拼盤』，而是一隻大公雞站在紅花竹葉上。嘿！真奇！」

旁人回他：「雞和家的台語同音，成熟的大公雞不就是成雞（家）嘛！站在葉子上，不正是立葉（業）嘛！成家立業嘛！菜單上不是明白寫著嗎？」

阿弘來回幾趟，又聽到客人說：「這四色炸圓仔取名『四喜團圓』，真是可愛。除了紅、白，還有紫糯米和抹茶粉揉的紫、綠兩色，這倒是很少看見。」

「哦！內餡也不同喔！芝麻、花生、紅豆，嗯，我再吃紫色的……，哇！奶油！」

「喲！這盤菜真漂亮，我看看……，叫『庭院深深』，是銀魚煲海參，『參』和『深』，真有趣！」

「嘿！銀魚海參做成大池塘，旁邊有番薯雕的重重宅院，後面的假山……，喲！是芋頭刻的，妙哇！妙哇！」

「這種好看的菜，我在紅荷園吃過。」

「哪有！紅荷園的菜，才沒這兒的好吃呢！」

客人都能體會出總鋪師用心良苦，阿弘感到十分欣慰。

他喜孜孜的回到工作檯，正想向爸爸回報，卻看見爸爸面色凝重的，對媽媽說：「玉吉魚翅、梅花海參、窩麻鮑魚……，大師兄用的全都是世界頂級的材料，真的賠本拚桌，哎！……難了！難了！」

阿弘一聽，心往下沉，說不出話來，只好繼續端菜。

端出最後一道「永結甜心」的甜湯時，天外猛然一道刺眼的強光向船上掃射，空中發出「隆！隆！」巨響，並伴隨「呼……呼……」的大風。眾人都停止吃喝談笑，瞇著雙眼，痴痴的朝頭頂出神。

阿弘先是心頭一驚，馬上又涼了半截，他記起電影裡的情節，暗叫一聲：「啊！該不會是外星人來抓地球人吧……」

8 揭開金牌的祕密

板的白圈內。

隨著強光緩緩接近，風速加狂，一架豪華型直升機降落在船頭甲

螺旋槳一停，市長急忙迎上前去。耳邊傳來擴音機的聲音說：

「歡迎總統光臨！總統好！」

酒席內因此起了陣陣騷動，眾人沒有不驚喜的，沒料到市長居然請來連任獲勝，深得民心的總統先生來作客。阿弘也轉憂為喜，想不到可以親眼目睹總統先生的風采，回頭看看直升機，那底下的白圈空地，根本不是用來跳舞，而是停機坪。

「總統好！總統好！」客人們異口同聲向元首致意。

船艙內的評審們完成工作，也趕快出艙會見貴客。

阿弘驚訝的發現，太師父竟然也在評審的行列中。

阿弘趨步向前，只見總統先生拉住太師父的手，笑容滿面的說：

「阿祿師！好久不見囉！好想念你做的『太極尊貴豆腐』喔！」

「呵！呵！總統先生，怎麼遲到了呢？還沒用餐吧！」太師父親切的問候，如同招呼久違的老朋友。

「抱歉！抱歉！在西螺果菜市場耽擱了，吃過一些點心。」總統說。

市長接著說：「沒關係的！我事先講好了，得到金牌的人要再多做一桌出來請客。我們先宣布拚桌比賽成績吧！別教總統餓太久了。」

市長站上台，接過麥克風，介紹道：「總統先生，各位來賓，感謝大家光臨。今天為了讓來賓們吃到好料理，特地請來五位技藝精湛的總鋪師，舉行拚桌比賽，在揭曉成績以前，先容我介紹四位評審。」

市長轉身，攤開左手比向四人：「第一位是國寶級的辨桌總鋪師——阿祿師，蔡甘祿老先生。第二位是專業品評茶、酒、咖啡和料理的名嘴，能分辨數百種滋味的國際品評師——余衛磊先生。第三位，食譜專家，曾創新菜式五千多種的范佩眉女士。第四位是國立高雄餐飲學校的校長，湯鐵仁，湯校長。先請阿祿師……。」

阿弘好奇的打量了湯校長一番，口中喃喃自語：「湯鐵仁……，咦！前面一個姓余，一個姓范，太師父姓蔡，校長姓湯，怎麼有魚、有飯、有菜、有湯，嘻！少了雞鴨肉，嘻！嘻！」

阿弘調皮的笑著，暫時忘了緊張，太師父開口，他才回神。

「是！各位來賓，今天的拚桌是用四個項目來評分。」太師父說：「嘿！分別是口味、美的聯想、盤飾和整體感。為了公正起見，事先抽籤，用五種顏色的夾子取代人名，呵！今天表現最好的是紅隊和黑隊，遠遠超過其他三隊。」

阿弘深吸一口氣，爸爸果然是大師伯唯一的敵手。

「先請其他評審，分別講評一下。」太師父把麥克風交給名嘴先生。

余衛磊先生清了清喉嚨，說：「嗯！台菜主要的材料是海鮮，所以這『鮮』字最要緊。評審們一致認為，黑隊的材料不論是魚翅、鮑魚、海參……，都是世界最高級的產品，配上經驗老到的調味技術，把這『鮮』字表現得淋漓盡致。拿這『魚翅玉米羹』來說吧！老母雞精燉的高湯，汁濃味醇，加上簡單的玉米醬，就把甘肥膏腴的滋味提升到極點，襯托得高級魚翅綿細如膠，爽口滑潤，原本沒滋無味的魚翅，變得鮮美無比。」

名嘴不但有根三寸不爛的刁舌頭，還伶牙俐齒的，開口閉口都是華麗的文章，果然厲害。

評分板上寫出紅隊七分，黑隊十分。

阿弘的心情跌到谷底，他瞥見大師伯正斜著尖嘴，勾著臉皮，點頭微笑，令他憂心如焚。

輪到湯校長，他說：「廚師的職責在帶給人們幸福，除了在五官上滿足客人之外，也得在精神上使人享受。」

「美的聯想，就是在口腹眼鼻之外，再給予愉悅的心理暗示，取個好菜名就是很有利的作法。」湯校長繼續說：「紅隊的菜名取得最妙，都是吉祥的成語，明明一道『明蝦沙拉』被改名為『猛龍過江』，暗指新郎身強體健，勇如活龍；而黑隊卻把蝦子立起來，輻射出菊花形，改為『菊蝦沙拉』，不太妥當，因為菊花使人想到秋天，淒涼蕭瑟，讓人心裡不舒服，放在喜宴裡尤其忌諱。」

分數出來了，紅隊十分，黑隊六分，總分十七比十六。

雖然暫時領先一分，阿弘像吃了「逍遙散」，整個人樂得輕飄飄的。

緊接著，麥克風交到食譜名家范女士手上，她說：「紅隊的盤飾色彩繽紛，對比鮮明，可見有很好的美學素養，但是刻工比較生硬粗糙；相較之下，黑隊的蔬果雕刻，線條流暢，造型精巧，尤其最後一道『果汁點心』上的花籃，用蘋果、梨、蘿蔔、南瓜、黄瓜、辣椒……，雕出牡丹、玫瑰、壽菊、山茶、茉莉、水仙、爆竹紅……，花團錦簇，熱鬧異常，所以給黑隊十分，給紅隊七分。」

雖然功力差了大師伯二十多年，並不是自己的錯，但是看分數一共輸了兩分，阿弘還是很難過。怎麼這評分過程像是坐雲霄飛車，一會兒竄上天，一會兒栽下地，教人一顆心七上八下的，都快吐出來了。

最後換回太師父評整體感。他說：「菜式的搭配十分要緊，看得出總鋪師的體貼與慧心。紅隊的材料不但搭配得很好，更難得的是菜名全用四個字的喜慶成語，從『成家立業』開始，祝新人『永浴愛河』，接著分別讚美新郎是『猛龍過江』，新娘是『鳳凰于飛』，飛入『庭院深深』的夫家，『新入庖廚』，開始嬌羞緊張的，洗手作羹湯；又稱讚這戶人是『積善之家』，總是『吉慶有餘』，到最後再次祝福兩人『永結甜心』，呵！又奇又巧，而且環環相扣，有組織，有節奏，簡直就是一篇好文章，為喜宴錦上添花，喜上加喜。」

太師父又說：「黑隊呢？『魚翅玉米羹』直接拿材料命名，『龍鳳呈祥』是傳統的喜慶成語。『福祿東坡』是借用古人的名字，看起來什麼都有，卻變得雜亂無章。」

市長邊打開抽完籤的名單，邊看著記分人員在紅黑兩格之下寫上九分和六分；總分立刻結算出來，三十三比三十二，紅隊以一分險勝。

市長對了對名單，咧開嘴大叫：「紅隊——阿添師獲勝！」

「耶！耶！」阿弘跳起來歡呼，手舞足蹈。

台下的人也激情的鼓掌、吶喊，紛紛湧近爸爸，向他道賀。爸爸笑得合不攏嘴，久久才說：「謝謝！謝謝！這評分過程，真像洗三溫暖，忽冷忽熱的，教人活脫一層皮；總算，洗完之後神清氣爽，哈！哈！哈！」

市長又說：「我這十兩大金牌，我們恭請總統先生來頒獎，好嗎？」

「哇！」「哇！」客人們發出羨慕的讚嘆。

爸爸定了定神，低頭對阿弘說：「這是你幫爸爸贏來的，跟爸爸上台……」

話還沒說完，兩人就被群眾推擠到台上。

總統先生看著這位少年，驚訝的說：「呀！英雄出少年！英雄出少年！果然英雄出少年！」

爸爸從總統先生的手上接過金牌，又將它交給阿弘。

阿弘抱著沉甸甸的大金牌，緊張興奮得手心直冒汗；台下刺眼的鎂光燈不停的閃爍，照得他腦子裡面一片空白，只覺得好驕傲，好驕傲……。

第二天早上，柴山上魏家的廚房裡，傳出「鏗！鏗！鏘！鏘！」的鍋鏟聲。阿弘的爸爸早早起來，上市場買了許多東西回來煮。

昨天晚上領完獎之後，阿弘他們還煞費苦心的，多辦了一桌菜請總統先生，忙了好久好久，回到家時，已經凌晨一點多了。阿弘上床前看看手錶，竟然兩點半了。

那種感覺好複雜，既疲倦又興奮。他躺在床上，身體是睡著了，可是腦神經還不肯罷工，夢境裡到處是一盤盤繽紛燦爛、五花八門的珍饈佳餚，從腳底一直延伸到地平線……。

醒來時，發現枕頭濕了一半，阿弘覺得不好意思，空氣中瀰漫著濃濃的香氣，他自言自語：「咦！煮什麼東西？這麼香，害我流口水。」

阿弘來到飯廳，看見餐桌上擺著五碗公的菜，都冒著熱氣。

「喲！起來啦！」媽媽手捧著空臉盆，剛晾完衣服，走進來。「體諒你昨天累了一整天，沒叫你起床，想不到你真會睡，睡到中午。」

「媽，這……慶功宴嗎？」

「才不是呢！」

阿弘好奇的往碗公裡看，有「魚翅雞」、「蛤蜊雞」、「三杯雞」、「麻油雞」、「人參雞」。

「奇怪！怎麼全是雞肉呢？」他問完，忽然又想起：「對了！是『全雞大餐』……那，這麼說今天是阿公的忌日囉！」

「哎！你呀！後知後覺。」

每年阿公的忌日，爸爸就會煮一桌十二道菜的「全雞大餐」。爸爸說，阿公是柴山上土雞城餐廳的開山始祖，所以用「全雞大餐」來祭拜他，紀念他。

「嘿！阿弘。起來啦！」爸爸從廚房裡走出來，手裡捧著一鍋「蓮子雞」。「中餐在客廳的桌上，別偷吃這些拜拜的菜，待會兒吃飽飯，幫忙把這些菜端到樓上神明廳。」

這時，有人用小貨車載來東西，在門外叫喚。

爸爸迎上前去，說：「來啦！放在院子裡就好。」

阿弘跟上去，忍不住撐了一下眼鏡：「哇！什麼東西呀？做什麼的？」

那是一個用竹架和紙紮的，很大的金壽字，靠近細看，那「壽」字是用一百個金箔剪出的金牌拼貼成的。

「這……，一百面金牌，還給阿公的……」

爸爸的回答很低，很小聲，阿弘還是聽見了。

「還給阿公的，不懂！」

爸爸掛念爐裡的火候，沒搭理他，一溜煙又隱入廚房。

阿弘上上下下的爬了十回。下午五點時，終於又把精燉多時的

「四物雞」、「貴妃雞」、「香菇雞」和「九尾雞」端上樓。當他回頭端起「梅子雞」時，爸爸出來說：「十二道菜全做好了，一起上去吧！」

爸爸說完，端起「苦瓜雞」，先一步跨上台階。

「爸！剛剛說還給阿公，到底是什麼意思？」阿弘大聲問話，不像以前那麼害怕。

「哎！我就知道你會問。……這是藏了十多年的祕密了……」

「哦！」阿弘驚訝的望一眼爸爸的背影，又忙低頭留神，免得雞湯灑出來。

「到了今天已經藏不住……哎！……也不必藏了。」爸爸在二樓半停下來，仍背對阿弘。

「阿弘，爸爸年少時不學好，活活把你阿公……氣死了……」爸爸說著哽咽了。

「……爸……」阿弘愣了一下，想說什麼，卻又不知該說什麼。

「哎！……本來阿公要我學做菜，我卻迷上『大家樂』賭博遊戲，整天在外面求明牌、逼籤詩，不學無術。」爸爸轉過身來，眼眶內濕濡濡的。「賭到後來，欠下幾十萬，債主逼迫我，我偷了阿公的金牌……」

「金牌？阿公也是總鋪師嗎？」

「是啊！他是太師父的師兄，平日裡辦桌，假日才在院子裡賣土雞料理。阿公是一位了不起的總鋪師，贏過七十幾面金牌。」

「爸，你說氣死，是……」阿弘的音量忽然變小。

「阿公發現金牌不見了，氣得腦中風，送進醫院，不到一個禮拜就去世了。哎！」

「所以，你要還阿公金牌，是嗎？」

「是啊！阿公去世之後，我在他墳前發誓，不但要戒賭，而且要贏回一百面金牌來還他，所以拜我的師叔為師，也就是你的太師父，學習廚藝，專門辦桌，聽到有拚桌比賽，就認真參加。」爸爸又說：「市長的拚桌比賽，我原先沒把握贏，我的手沒辦法雕刻東西，你的功力也比不上你大師伯，可是我要賭他一賭，因為隔天是阿公的忌日，我急著還他金牌呀！」

「你才剛說戒賭，現在又是賭他一賭。」阿弘故意挑毛病。

「戒賭錢啦！小鬼！」

這一鬧，氣氛活潑了些，但是想到這十幾年來，爸爸都背負著自責和內疚，忍受著痛苦的煎熬，實在很可憐，看著懷裡的「梅子雞」，阿弘的心滲出一陣一陣的酸。

難怪阿弘偷錢和賭錢，會被爸爸打到幾乎皮開肉綻，呼天喊地；也難怪他違背謙讓的本性，堅持要和大師伯拚上一拚；也難怪上一次得到金牌，爸爸站在神桌前嘆氣了。

進入神明廳，爸爸在祖先牌位前深深一鞠躬，又說：「等太師父來再祭拜吧！這件事只有他知道，結婚後我也一直沒告訴你媽，她昨晚睡前才知道的。」

「錦添哪！喔！你想把我累死啊！叫我去銀行拿金牌，九十九面耶！很重，很重咧！呼……」媽媽突然踏入廳內，拖著一個大的運動袋。

原來她下午出門，就是跑銀行去了。

「好啦！排起來吧！」爸爸一聲令下，三個人七手八腳的把金牌攤在神桌上。

爸爸又下樓，取來昨晚贏來的十兩大金牌，擺在正中央。一百面金牌閃出萬道金光，光耀奪目，氣勢磅礴。

「嘿！」

太師父不知何時站在三人背後，把三人嚇了一大跳。

「我說，家裡面這麼多金牌，也不把大門鎖上，真是！呵！我就自己上來囉！」太師父挨近爸爸，說：「嘿！添仔，阿利仔昨晚賠本拚桌，明明一桌八千元的酒席，他偏辦出一萬二的料，呵！偷雞不著蝕把米，這下損失慘重囉！也好，給他個教訓，不老實做生意，呵呵！」

媽媽點好香之後，分給每人三炷。

太師父站在最前面，對著牌位說：「師兄啊！今天是你的忌日，添仔辦了『全雞大餐』來祭拜你，他也遵守誓言，終於贏回一百面金牌來還你，全在神桌上囉！另外請人用金箔剪成金牌，拼成一個大壽字，等一下就給你燒去。」

「阿爸！……」爸爸突然跪在地上，痛哭起來。

阿弘和媽媽也難過得流下眼淚。

「好了！好了！」太師父拍著爸爸的肩膀。

上完香之後，太師父又說：「還有一件重要的事沒辦呢！添仔。」

「什麼事？」爸爸一愣。

「嗯，阿弘有組合盤飾的天份，又能體貼客人，想出那麼好的菜名，確實是塊廚師的料。呵！你開出的支票也該兌現了吧！該教他做菜了。」

「哦！我知道。」爸爸抹去淚水，指著市長的十兩大金牌說：

「沒有阿弘，我今天怎麼面對我阿爸呢？」

「那麼就給祖師爺磕頭吧！阿弘。」

阿弘聽太師父指示，下跪磕頭，又接過爸爸遞過來的三炷香，對著神桌上的祖師爺拜了拜。

「我們酒席業的祖師爺——詹王，他本來不是廚師，但是看隋文帝為了吃到天下最好吃的東西，殺掉許多廚師，他就假冒廚師，呵！把皇帝騙出宮，在野外轉圈圈，說是在找最好吃的東西，等皇帝餓癟了，他才端出一碗陽春麵，皇帝忍不住稱讚說：『唔！真好吃，這是我吃過最好吃的東西了。』呵！皇帝從此不再殺廚師了。」

太師父又說：「廚師們為了感謝他，就尊他為祖師爺，阿弘，你和詹王一樣，都不是廚師，卻都幫了廚師大忙，呵！呵！呵！」

忙完樓上的事，大家來到院子，用紙錢把金牌拼出的壽字圍成一圈，然後點火燒化。

火焰烘烘騰起，照得人人臉上紅彤彤的，西天上的太陽和雲朵也變紅了臉色，躲在人群後面湊熱鬧。

爸爸說：「阿弘，我想把市長的大金牌送給你，當是你的第一面金牌。」

「真的！」阿弘好驚喜。

「你才十三歲，想當廚師，前面的路還很長呢！正式的廚師得要經過檢定。想要通過檢定考試，那也得用功讀書，認真學習才能。」爸爸又說。

「嗯！」阿弘點點頭，心中有說不出的歡喜。

「呵！好美的夕陽啊！」太師父讚嘆。

阿弘回頭欣賞落日，滿天的彩霞映入眼簾，海面上又泛出片片金光，隨著波浪浮蕩閃爍。他想起西子灣的那個黃昏和教人敬愛的惠貞姐，暗自在心中立下心願：「我要努力！三年後幫惠貞姐和剛毅哥辦桌！」

「對！等一下就打電話告訴她。」阿弘喃喃自語。

「卜！卜——」遠處傳來輪船的汽笛聲，原來是停船在外海的船正要起錨出航，而山腳下「湃！湃！」作響的浪濤聲也一旁應和著，興奮的為阿弘喝采加油……。

鄭　宗　弦　作　品　集　0　2

第一百面金牌
少年總鋪師 1

國家圖書館出版品預行編目 (CIP) 資料

第一百面金牌 : 少年總鋪師 . 1 / 鄭宗弦著 ; 吳嘉鴻圖 . – 增訂新版 . --
臺北市 : 九歌 , 2018.07
面 ;　公分 . -- (鄭宗弦作品集 ; 2)
ISBN 978-986-450-200-4 (平裝)
859.6　　　　107008975

著　　者 —— 鄭宗弦
繪　　者 —— 吳嘉鴻
創 辦 人 —— 蔡文甫
責任編輯 —— 鍾欣純
發 行 人 —— 蔡澤玉
出　　版 —— 九歌出版社有限公司
台北市 105 八德路 3 段 12 巷 57 弄 40 號
電話／ 02-25776564・傳真／ 02-25789205
郵政劃撥／ 0112295-1

九歌文學網　www.chiuko.com.tw

印　　刷 —— 晨捷印製印刷股份有限公司
法律顧問 —— 龍躍天律師 ・ 蕭雄淋律師 ・ 董安丹律師
初　　版 —— 1999 年 7 月 10 日
增訂新版 —— 2018 年 7 月
新版 3 印 —— 2022 年 5 月
定　　價 —— 260 元
書　　號 —— 0175002
I S B N —— 978-986-450-200-4